KB142644

수상한
마음수리점

수상한 마음수리점

청소년 성장소설 십대들의 힐링캠프, 치유

[십대들의 힐링캠프®] 시리즈 NO.50

지은이 | 표혜빈
발행인 | 김경아

2022년 8월 8일 1판 1쇄 발행
2023년 1월 22일 1판 2쇄 발행(총 4,000부 발행)

이 책을 만든 사람들
책임 기획 | 김경아
기획 | 김효정
북 디자인 | KHJ북디자인
표지 삽화 | 캐롤마인드
교정 교열 | 김경미
경영 지원 | 홍종남

이 책을 함께 만든 사람들
종이 | 제이피씨 정동수 · 정충엽
제작 및 인쇄 | 천일문화사 유재상

청소년 기획위원
정가인, 양태훈, 양재욱

펴낸곳 | 행복한나무
출판등록 | 2007년 3월 7일. 제 2007-5호
주소 | 경기도 남양주시 도농로 34, 301동 301호(다산동, 플루리움)
전화 | 02) 322-3856 팩스 | 02) 322-3857
홈페이지 | www.ihappytree.com | bit.ly/happytree2007
도서 문의(출판사 e-mail) | e21chope@daum.net
내용 문의(지은이 e-mail) | hyebin8894@naver.com
※ 이 책을 읽다가 궁금한 점이 있을 때는 지은이 e-mail을 이용해 주세요.

ISBN 979-11-88758-51-7
"행복한나무" 도서번호 : 152

※ [십대들의 힐링캠프®] 시리즈는 "행복한나무" 출판사의 청소년 브랜드입니다.

수상한 마음수리점

| 표혜빈 지음 |

행복한 나무

| 프롤로그 |

보보 씨의 마음수리점

마음수리점이라고 들어 본 적 있어?

마음수리점은 고장 난 마음을 수리하는 곳이야.

그런데 마음수리점은 그냥 갈 수 없어.

꿈속에서만 갈 수 있거든.

또 마음수리점은 가고 싶다고 갈 수 있는 곳이 아냐.

초대받은 사람만 갈 수 있거든.

마음수리점의 수리공 이름은 보보.

보보 씨의 하루는 12시에 시작돼.

아, 12시란 낮 12시가 아냐.

밤 12시지.

“오늘은 날씨가 아주 좋군.”

보보 씨는 새하얀 달이 뜬 깜깜한 밤하늘을 보며 중얼거렸어.

보보 씨의 마음수리점은 꿈속 구름마을 광장에서 멀지 않은 곳에 위치해 있단다.

광장 사이에 있는 골목길로 열 걸음 정도 들어서면 바로 보이는 곳이지.

보보 씨의 마음수리점은 100년이나 그곳을 지키고 있었던 가게야.

처음 보보 씨가 이곳 구름마을의 마음수리공으로 오게 됐을 때는 가게가 별로 없었대.

10개도 채 되지 않는 가게들만이 광장을 둘러싸고 있었지.

10년, 20년, 50년이 지나고 지금은 광장에서 꽤 멀리까지 가게들이 줄지어 섰어.

시간이 지나면서 구름마을도 꽤 그럴싸한 마을이 되었지.

100년이 다 되어 가도 보보 씨의 마음수리점은 100년 전과 똑같은 모습인데, 마을 사람들은 그런 보보 씨의 마음수리점을 굉장히 좋아했어.

보보 씨는 평소보다 조금 일찍 일어나 식료품점에 갔어.

식료품점은 구름마을에서 보보 씨가 가장 자주 가는 가게야.

"마리, 소시지가 없군."

"보보 씨! 마침 소시지가 동이 나 버렸어요! 어쩌죠?"

"허허, 그럼 어쩔 수 없군."

보보 씨는 한참 고민하다 베이컨을 집으니, 마리가 말했어.

"베이컨도 꽤 괜찮아요. 후회 안 하실 거예요."

"고맙네."

보보 씨는 씩 웃었어.

"요즘도 바쁘시죠?"

마리는 보보 씨에게 계속 말을 걸었어.

"정신이 없군! 하지만 힘들진 않네."

"100년 전보다 손님이 훨씬 많아진 것 같던데요."

구름마을의 식료품점도 100년이 되어 갔기 때문에 마리는 보보 씨의 마음수리점 사정을 잘 알고 있어.

또 보보 씨는 식료품점의 단골손님이거든.

"그렇다네. 100년 전에는 마음이 고장 난 녀석들이 별로 없었던 건지, 본부 시스템이 발전된 건지 알 수가 없다네. 생각해 보니 흥미롭긴 하군."

보보 씨가 식료품점에 다녀와서 가장 먼저 하는 일은 물을 끓이고 커피를 타는 일이야.

그리고 계란프라이를 만들고 대개는 소시지를 굽지.

오늘은 가장 좋아하는 소시지 대신 베이컨을 구웠어.

베이컨 굽는 소리가 지글지글 들리는 게 맛있는 냄새가 나.

보보 씨는 계란프라이와 베이컨을 접시에 담아.

식탁으로 가 앉고는, 아침을 먹으면서 안경을 쓰고는 종이 뭉텅이를 꺼내.

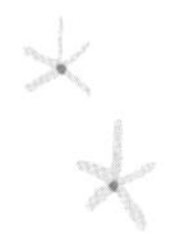

그리고 손으로 하나씩 짚어 가며 읽어.

무얼 읽느냐고?

바로 오늘의 손님 리스트지.

"자, 그럼 오늘도 시작해 볼까?"

보보 씨는 아침 식사로 한껏 부풀어 오른 배를 두들기며 일어났어.

북슬북슬한 갈색 수염을 만져 대며 말이야.

그리고 오늘의 손님에게 마음수리점 초대장을 보내지.

보보 씨는 어떤 손님에게 초대장을 보낼까?

차례

수상한
마음수리점

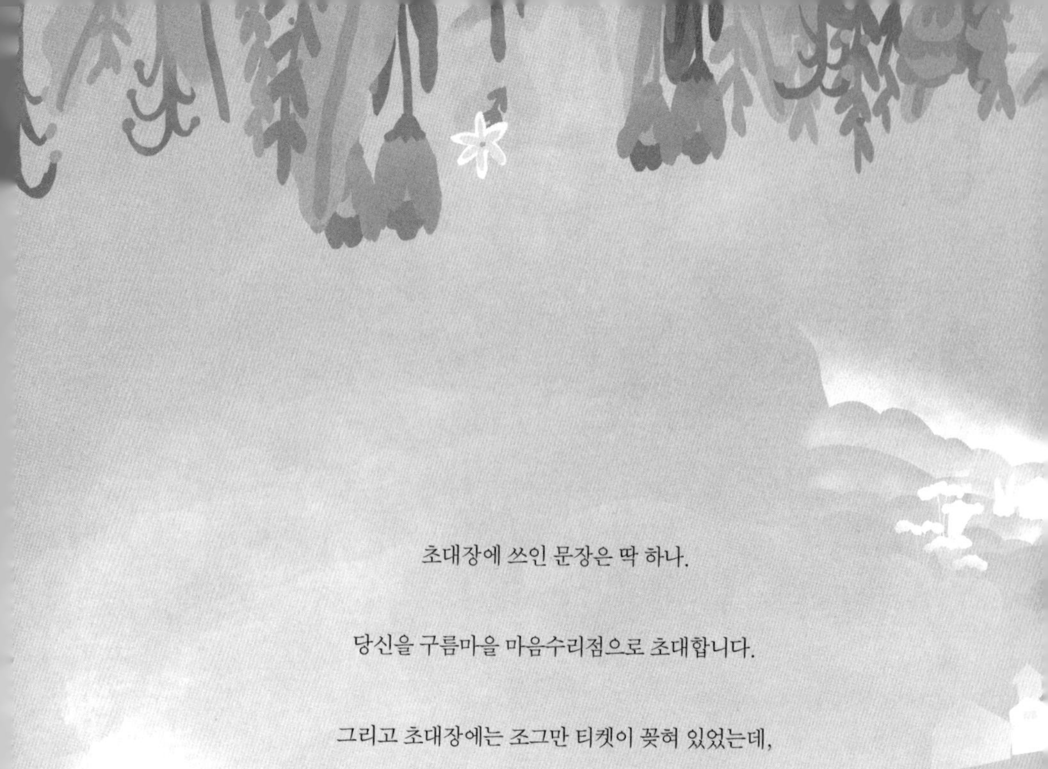

초대장에 쓰인 문장은 딱 하나.

당신을 구름마을 마음수리점으로 초대합니다.

그리고 초대장에는 조그만 티켓이 꽂혀 있었는데,
티켓에는 아래와 같이 쓰여 있었지.

구름마을행
출발시간: 00시

1
이기적이고 뾰족한 아이,
택이

택이는 아기였을 때 엄청 순했대.

잠도 잘 자고 우유도 잘 먹고 울지도 않았어.

엄마 아빠를 보채는 일도 없었단다.

엄마가 택이를 데리고 나가면 사람들은 항상 이렇게 물었어.

"어쩜 그렇게 애가 순해요?"

그래서 아기였을 때 택이의 별명은 '순둥이'였지.

그런데 왜일까?

택이는 커갈수록 반대 모습으로 자라는 거야.

한마디로, 뾰족한 아이가 되어 갔어.

반찬 투정은 기본이고, 엄마 아빠에게 이거 해 달라, 저거 해 달라 매일같이 떼를 썼지.

택이는 항상 자기 마음대로 하고 싶어 했고, 자기 뜻대로 될 때까지 누구든 못살게 굴었어.

늘 남 탓에 다른 사람에게 상처 주는 말만 골라서 했어.

택이는 가고 싶은 곳이 있으면 바로 가야 하고 가지고 싶은 것이 생기면 바로 가져야 했지.

한번은 택이가 일곱 살 때, 갖고 싶은 장난감이 생겼어.

"지금 바로 가."

"택이, 오늘은 엄마가 일이 있어. 오늘 말고 내일 가자."

"싫어! 그냥 지금 가! 지금 가면 되잖아."

"엄마가 지금 못 가서 그래. 일하러 가야 해."

"싫어, 그래도 가! 바로 지금 안 사 주기만 해 봐!"

아무리 엄마가 오늘은 일이 있어서 안 된다고 얘기해 줘도, 택이는 오늘 꼭 가야 한다면서 엄마가 항복할 때까지 계속 떼를 썼어.

엄마를 졸졸 따라다니면서 말이야.

엄마와 아빠는 택이가 떼쓰고 보채는 걸 참아 내는 게 점점 더 힘들어졌어.

그래서 택이가 원하는 것이라면 못된 황소처럼 날뛰기 전에 그냥 다 들어주었어.

택이는 어느샌가 알게 되었지.

떼를 쓰면 자신이 원하는 모든 것들을 이룰 수 있다고 말이야.

택이의 이런 점은 학교에서도 똑같아.

학교에서도 정해진 규칙이 있잖아?

하지만 택이에게 규칙이란 있을 수 없는 거였어.

늘 제멋대로였고, 자기 뜻대로 되지 않으면 교실을 나가 버렸지.

그렇게 몇 번 반복하니 학교에서도 모두들 택이의 말을 들어주는 것 같았어.

친구들도, 심지어 선생님도 택이가 원하는 대로 해 줬지.

택이는 마치 왕이 되어서 여러 명의 신하를 부리는 것 같은 느낌이 드는 거야.

그런데 왕의 자리는 원래 조금 외로운 거였나?

뭐랄까, 다들 택이 마음대로 움직여 주는 것 같기는 한데, 택이랑 가까워지려고 하지는 않는 거야.

오히려 피하는 느낌마저 들었어.

그러던 어느 날 저녁.

택이가 자려고 누웠는데, 베개 속에 손을 쏙 넣었더니 종이 같은 것이 만져지네?

종이 두께가 두껍고 튼튼했고, 각진 것이 꼭 무슨 봉투 같아.

택이는 두툼한 종이를 베개 속에서 꺼냈어.

"이게 뭐지?"

새하얀 봉투에 작은 글씨가 쓰여 있었어.

받는 사람: 택이

보내는 사람: 마음수리점

택이는 봉투를 뜯어보았어.

봉투 안에는 초대장 같은 게 있었어.

그런데 초대장에 쓰인 문장은 딱 하나.

당신을 구름마을 마음수리점으로 초대합니다.

그리고 초대장에는 조그만 티켓이 꽂혀 있었는데, 티켓에는 아래와 같이 쓰여 있었지.

구름마을행

출발시간: OO시

"에잇, 이게 뭐야? 누가 장난을 쳤나? 이런 걸 보내다니!"

택이는 자기 성질대로 티켓과 초대장, 봉투 모두를 죽죽

찢어서 바닥에 버리고는 잠이 들었어.

잠들었다고 생각했는데 택이 눈이 떠졌어.

"여기가 어디지?"

주변은 온통 구름들이고, 구름들 위엔 아기자기한 건물들이 세워져 있었어.

가만 보니 바닥도 폭신폭신한 구름들로 되어 있었지.

바로 앞에 분수도 있었는데, 가만 보니 분수에서 나오는 건 물이 아냐.

옅은 구름들이 퐁퐁 쏟아져 나오고 있는 게 아니었어?

"꿈인가?"

택이는 일어나서 주변을 이리저리 둘러보았어.

엄청 예쁜 구름마을인데, 좀 이상한 건 지나다니는 사람이 아무도 없다는 거야.

처음 보는 광경에다가 너무나 이상했지만 택이는 자기도 모르게 발걸음을 옮기고 있었어.

마치 어디로 가야 할지 알고 있는 것처럼.

택이는 어떤 수상한 가게 앞에 섰어.

처음 보는 가게인데 그냥 그 가게에 가고 싶은 생각이 드는 거 있지?

"똑똑"

가게 주인이 문을 열었어.

택이는 가게 주인의 모습에 입이 떡 벌어졌지.

몸집이 굉장히 거대하고 북슬북슬한 수염을 기르고 있었는데, 수염 때문에 뭘 입었는지도 잘 보이지 않아!

택이는 가게 주인의 모습에 조금 무서웠지만 더듬거리며 물었어.

"아, 아저씨는 누구세요?"

"네가 내 가게에 들어왔잖니? 대뜸 나한테 묻는 거냐? 그건 내가 해야 할 말인 것 같은데. 넌 누구냐?"

"어, 엄마가 모르는 사람한테 함부로 얘기해 주지 말랬어요."

택이는 지지 않고 말했어.

"네 얼굴은 처음 보지만 역시 생각했던 대로 비쭉 마르고 눈이 쫙 찢어지고 날카로운 게 남한테도 콕콕 쑤시는 말만 골라하게 생겼구나. 그래, 그렇다면 질문을 바꾸마. 무슨 일이냐?"

"길을 잃었어요."

"오호, 어디를 갈 생각이지?"

"저도 몰라요."

'그래. 꿈속인데 모르는 것이 당연하지 않겠어?'

"근데요, 아저씨! 여긴 뭐 하는 가게예요?"

"나도 우리 엄마한테 처음 보는 녀석에게 함부로 가르쳐 주지 말라는 가르침을 받았단다."

거인도 택이에게 똑같이 대꾸했지.

택이는 어이가 좀 없었어.

"아저씨는 어른이잖아요. 길 잃은 가엾은 아이를 도와줘야 하는 것 아닌가요?"

"말은 아주 잘하는구나. 그럼 알려 주지. 여긴 마음수리점이란다."

"마음수리점이라고요?"

"그래. 마음이 고장 난 사람들의 마음을 수리해 주는 곳이지. 그리고 내 이름은 보보라고 한단다."

"거짓말."

'저 거인 아저씨가 날 속이고 있는 걸 거야. 세상에 그런 가게가 어디 있다고!'

택이는 저 거인 아저씨가 자기를 얕보는 것 같아 조금 불쾌했지만 관심도 생겼어.

택이는 보보 씨에게 툴툴거리며 물었지.

"마음을 어떻게 수리해요? 기계도 아닌데."

"마음은 때로 기계와도 같단다. 고장 나면 수리하고 거칠면 기름칠을 해 줘야 하지. 나사가 헐거우면 조여 주고 말이다."

그러고는 덧붙여 말했어.

"네 마음도 수리가 필요하구나."

"뭐라고요? 전 아주 멀쩡하다고요."

"아니, 수리가 필요해."

보보 씨는 이상한 돋보기를 택이 쪽으로 들어 보였어.

"네가 이 수리점에 들어온 것이 우연이라고 생각하니?"

"그럼 뭐란 말예요?"

"네가 이 수리점에 들어온 건 운명이지, 운명. 네 이름은 택이 맞지? 너에게 초대장은 보낸 사람이 바로 나다. 네가 오늘 이 마음수리점의 손님이란다."

그리고 보보 씨가 일어났지.

택이는 이상한 쇠붙이 도구 같은 걸 들고 있는 거대한 보보 씨의 모습을 보니 또다시 무서워지면서 별안간 비명이 새어 나왔어.

'혹시 저걸로 나를……? 이 수리점, 위험한 곳은 아닐까?'

"으아아악!"

택이는 무서운 생각이 들어 밖으로 나가려 했어.

하지만 수리점 문을 열 수 없었지.

수리점을 나갈 땐 보보 씨가 문을 열어 줘야 하거든.

아무리 택이가 안간힘을 써도 문은 열리지 않았어.

택이는 수리점의 온갖 곳을 뛰어다니며 빠져나갈 구멍을 찾았지만 허탕이었지.

사실 이건 예상된 모습이었어.

보보 씨에겐 아주 익숙했지.

보보 씨는 아이들이 좋아할 만한 그런 생김새는 아니었으니까 말이야.

여기 온 꼬마 손님들의 반응은 둘 중 하나였어.

택이처럼 마음수리점을 벗어나기 위해 방방 뛰어다니거나, 체념하거나.

보보 씨는 아주 익숙하다는 듯이 뛰어다니는 택이를 그냥 가만히 놔두었어.

제 풀에 지칠 때까지 말이야.

보보 씨는 마음을 수리할 때 필요한 연장들을 꺼내 다듬었어.

보보 씨의 모습을 보고 택이는 또다시 비명을 질렀어.

"으아아아악!"

"녀석 참, 목청은 크구나."

시간이 얼마쯤 지났을까?

택이는 너무 지쳐 자연스럽게 허름한 나무 의자에 앉았어.

"아저씨, 아저씨가 원하는 게 뭔지 모르지만요. 우리 집은 부자도 아니어서 아저씨가 우리 엄마 아빠한테 나를 데리고 있다며 돈을 달라고 해도 큰돈을 벌 수 없을 거예요. 또 저는 너무 어려서 일도 못하고 쓸 데도 없거든요? 그러니까 빨리 놔주세요. 제발요."

"내가 필요한 건 돈도 심부름할 사람도 아니란다. 그저 고장 난 네 마음을 고치려 할 뿐이지."

"글쎄, 전 고장 나지 않았다니까요? 정말 답답한 아저씨네."

"하지만 내 눈에는 네 마음이 어떻게 고장 났는지 보이는구나."

보보 씨는 아까 꺼냈던 돋보기를 다시 들이밀어 보였어.

"이 돋보기는 도대체 뭐예요? 아까도 아저씨가 저를 그 돋보기로 봤죠?"

택이는 조금 관심을 보이며 물었어.

"그래, 이건 어떤 부분이 고장 났는지 보여 주는 돋보기지."

"참나. 그럼 내 마음이 어떻게 고장 났는데요?"

"톱니바퀴가 아주 날카롭구나. 날카로운 톱니바퀴를 조금 다듬어야겠어."

"톱니바퀴라고요?"

"그래. 사람들은 저마다 하나씩 마음의 톱니바퀴를 가지고 있단다."

"그 톱니바퀴가 뭘 하는데요?"

"마음의 톱니바퀴는 네가 가족들과 있을 때나 친구들과 있을 때나 그리고 심지어 네가 혼자 있을 때도 항상 돌고 있지. 네 생각과 네 행동 모두 마음의 톱니바퀴가 어떻게 도느냐에 따라 달라진단다."

"거짓말! 아저씨, 지금 제가 어리다고 속이는 거 다 알아요!"

"나는 그 누구에게도 거짓말하지 않아. 이 아저씨가 보기에 택이 네 마음의 톱니바퀴는 너무 날카롭구나! 그리고 여기저기 잘도 찌르고 다니는구나."

"전 아무도 찌르지 않았어요."

"그래? 과연 그럴까?"

보보 씨는 도구 하나를 꺼내 들었어.

"그 볼품없는 시계는 또 뭐에요?"

"이건 그냥 시계가 아니란다. 네 마음이 고장 나서 친구들을 여기저기 찌르고 다니는 택이 네 모습을 보여 주는 수리 도구지."

보보 씨가 말했어.

"자, 그럼 한번 볼까? 이 아저씨랑 말이다."

"선생님! 택이 좀 보세요!"

미루가 씩씩댔어.

"무슨 일이니?"

"택이가 저희 그림을 완전히 망쳐 놓고 있다고요!"

"이런! 택이야, 이게 어떻게 된 일이니?"

아이들이 선생님과 미루, 택이 주변으로 몰려들기 시작했어.

택이는 친구들이 그린 그림 위에 까만색 크레파스를 가득 가득 칠하고 있었어.

택이와 같은 모둠인 친구들은 발을 동동 구르며 어쩔 줄 몰라 하며 울상을 지었어.

"왜요?"

택이는 눈을 아주 똥그랗게 뜨며 당당하게 물었어.

"네가 친구들이 열심히 그린 그림에 까만색 크레파스로 덮고 있잖니!"

"그게 왜요?"

택이 말에 선생님과 친구들은 어이가 없다는 표정을 지었어.

선생님은 택이를 말렸어.

"택아, 지금 네가 친구들의 그림을 망치고 있잖아. 그만두렴."

"재네가 먼저 제 말을 안 듣고 그림 그렸어요. 저도 똑같이 한 것뿐이에요."

선생님은 같이 그림을 그린 아이들에게 어떻게 된 일인지 물었지.

아이들은 울상을 지으며 얘기했어.

"선생님, 저희는 산을 그리려고 했어요. 그런데 택이만 자꾸 밤하늘을 그리겠다고 하잖아요! 택이 빼고 모두 산을 그리고 싶어 했어요!"

하지만 택이는 이렇게 말했어.

"전 재네 말 듣기 싫은데요? 전 산 그리기 싫어요."

선생님은 조금 화가 났지만 그래도 택이를 설득하려 했어.

"택아, 이건 혼자 그리는 그림이 아냐. 친구들과 함께 그리는 그림이지. 그러니 친구들과 같이 이야기해서 어떤 그림을 그릴지 정해야지."

"저는 분명 밤하늘을 그리자고 말했어요. 근데 자기네들끼리 정해 버리잖아요. 그리고 저는 원래 혼자 그리고 싶었다고요."

"우리끼리 정한 게 아니에요! 손드는 걸로 정했는데 택이만 밤하늘을 그리겠다고 혼자 손을 들었다구요……."

"그게 너네끼리 정한 거잖아!"

"그게 같이 정한 거야!"

"조용, 조용! 일단 다들 진정하고. 택아, 선생님도 택이가 혼자 그림을 그리고 싶어 하는 마음은 이해해. 하지만 그렇다고 친구들의 그림을 망쳐 놓은 건 잘못된 행동이야."

"재네가 먼저 제 말을 안 들었다니까요?"

택이는 한결같은 반응이었어.

선생님은 벽에다 대고 얘기하는 기분이 들었지.

선생님은 택이를 설득하기를 그만두고 택이와 친구들이 그림을 따로 그릴 수 있도록 해 주었어.

결국 택이 혼자 넓은 종이에 밤하늘을 그릴 수 있게 됐고 친구들은 새로운 종이에 산을 그렸어.

하지만 이게 끝이 아니야.

택이는 혼자서 밤하늘을 그려야 했거든.

그래서 시간이 아주 많이 필요했어.

"자, 이제 정리하세요!"

선생님의 말씀에 아이들은 미술 도구를 정리하기 시작했지만 택이는 달랐어.

선생님이 그리기 시간이 끝났다고 했지만 택이는 밤하늘

을 그리는 걸 멈추고 싶지 않은 거야.

"택이! 이제 미술 시간은 끝났어. 다음 시간은 수학 시간이란다."

택이는 선생님 말을 들은 척도 하지 않고 계속 그림을 그렸어.

"야! 선생님이 말씀하시잖아! 이제 끝났어! 빨리 자리에 앉으라구!"

뒤에서 들려오는 아이들의 목소리도 택이는 모른 척했어.

선생님은 고개를 절레절레 흔들며 한숨을 내쉬었지.

이런 일이 한두 번이 아니었나 봐.

선생님은 결국 혼자 밤하늘을 그리고 있는 택이는 내버려 두고 수학 수업을 시작했어.

"자, 이래도 네가 날카롭지 않다고 말할 수 있는 거냐?"

보보 씨는 다시 물었어.

"걔네가 먼저 제 말을 안 들었다고요. 그림도 저보다 잘 그리지도 못하는 애들이 말이에요."

"하지만 친구들과 같이 그리는 거잖니?"

"전 같이하고 싶다고 생각한 적 없어요. 선생님이 멋대로 그렇게 정한 거예요."

택이는 보보 씨의 말에 한마디도 지지 않고 말했어.

"그래? 네 말이 정 그렇다면 그 다음을 한번 보도록 하지."

밤하늘과 산 사건 때문에 친구들은 아무도 택이랑 같이 놀려고 하지 않았어.

그래도 택이는 아무렇지 않았지.

'친구란 건 참 귀찮은 존재야. 내 마음대로 할 수도 없고. 없는 게 차라리 나아!'

택이는 그렇게 생각했어.

하지만 시간이 지날수록 택이는 조금씩 심심해졌어.

이제는 혼자 그림을 그리는 것도, 혼자 노는 것도 지겨운 거야.

친구들이랑 같이 놀고 싶어졌지.

운동장에 나가 보니 친구들이 모여서 모래 위에 금을 그어

돌을 던지며 땅따먹기 놀이를 하고 있었어.

택이는 친구들에게 다가가 말했어.

“나도 끼워 줘.”

“벌써 시작해서 안 돼.”

“그래. 팀도 이미 정해졌다고.”

택이는 자기를 끼워 주지 않는 친구들이 몹시 거슬렸어.

‘너희가 내 말을 안 들어? 어떻게 이 녀석들을 혼내 주지?’

“그럼 선생님한테 이를 거야. 너네가 놀이에 끼워 주지도 않고 따돌린다고 말이야.”

친구들은 고민했지.

택이가 선생님한테 이르면 누가 잘못했든 일단 선생님과 이야기하는 시간을 가져야 되거든.

“잠깐만, 잠깐만! 기다려!”

애들은 머리를 맞대고 택이를 끼워 줄지 고민했어.

“어떻게 하지?”

“택이가 끼면 또 제멋대로 할 게 뻔해.”

“하지만 우리가 안 끼워 주면 바로 선생님한테 가서 말할

걸? 우리가 안 끼워 줬다고 말이야."

"그럼 우린 아예 게임도 못하고 들어가야 돼."

친구들은 택이를 끼워 주는 것보다 지금 놀이를 하지 못하는 게 더 싫어서, 할 수 없이 택이를 끼워 주기로 했어.

"그래 좋아. 그 대신 게임 규칙 잘 지켜야 해. 우기기 없기다?"

"알았어. 이 바보들아."

아이들은 택이의 '바보'라는 못된 말이 거슬리긴 했지만 무시하고 일단 끼워 주기로 했으니 놀이를 시작했어.

택이와 같은 팀이 된 아이들은 처음엔 택이와 같은 팀이 되는 걸 싫어했지만 막상 놀이를 할 때는 좋았어.

택이가 상대편 애들이 실수하는 걸 눈에 불을 켜고서 잡아냈거든.

"아싸! 너 탈락!"

"에잇, 뭐야!"

"빨리 나와!"

"아싸! 너도 탈락!"

택이와 반대편이 된 아이들은 점점 울상을 지었어.

'저걸 뭐라 할 수도 없고!'

하지만 놀이는 얼마 가지 못했지.

아니나 다를까, 택이가 우기기 시작했거든.

"택이 너 금 밟았다!"

"아니거든? 금 안 밟았거든?"

택이는 시치미를 뚝 뗐어.

"아닌데! 나도 봤는데? 택이 너 금 밟았어."

애들은 하나둘씩 택이가 금을 밟았다고 이야기하기 시작했어.

"너네 눈이 이상한 거야!"

하지만 택이는 정말 금을 밟았어.

사실 택이도 알고 있었지.

자기가 금 밟은 걸 말이야.

하지만 인정하고 싶지 않았어.

왠지 애들한테 지는 느낌이 들었거든.

"같은 편이지만 택이가 금을 밟긴 밟았어……."

“그래. 나도 사실 봤어.”

같은 편 아이들도 한 명씩 인정하기 시작하는 거야.

택이는 아이들의 태도를 이해할 수 없었지.

‘바보들! 그걸 인정하면 어떡해? 일단 이기고 봐야지!’

“어휴, 단체로 아주 눈이 삐었구나. 됐어! 너희 같은 애들이랑은 같이 못 놀겠다.”

택이는 씩씩댔어.

택이는 하던 놀이를 내팽개치고 교실로 다시 들어왔어.

교실로 들어가는 택이의 모습에 아이들은 어이가 없다는 표정을 지었어.

“뭐야? 자기가 끼워 달라고 해 놓고!”

“맞아! 우기지 말랬더니 우기기나 하고 말이야!”

택이는 교실에 들어와도 분이 풀리지 않는 거야.

쏜살같이 교실을 나와 선생님이 있는 곳으로 달려갔어.

“선생님!!”

택이는 씩씩대며 선생님을 불렀어.

“무슨 일이니?”

'이번에는 또 뭘까.'

선생님은 고개를 절레절레 흔들었어.

"운동장에 있는 녀석들이 저를 놀이에 끼워 주지도 않고 따돌려요."

"어쩌다 그렇게 된 거지?"

"제가 어떻게 알아요?"

선생님 눈에는 훤히 다 보였어.

택이가 놀이에 끼워 달라 해 놓고 규칙을 무시하고 제멋대로 행동을 했을 거라고 말이야.

"빨리요! 빨리! 그 녀석들을 부르라고요!"

"뭐라고?"

"지금 당장!"

택이는 계속 아이들을 당장 불러와야 한다며 선생님을 졸랐어.

자기를 무시한 애들한테 본때를 보여 줘야겠다는 생각이 들었지.

택이가 엄청 큰 소리로 소리를 지르는 통에 어쩔 수 없이 선생님은 아이들을 불러 모았어.

"얘들아, 택이 말이 사실이니?"

"아니에요! 끼워 줬어요!"

"택이가 들어오면 짝도 안 맞는데 그래도 끼워 줬다고요……."

아이들은 울상을 지었어.

"그리고 너희들이 택이를 따돌렸다는 이야기를 들었어."

"선생님, 그게 아니에요! 저희는 정말 억울하다고요! 택이가 놀이하는 중에 금을 밟았어요. 금 밟으면 나가는 게 규칙인데 택이가 자꾸 금을 안 밟았다고 우기잖아요!"

"맞아요! 택이랑 같은 편인 친구들도 택이가 금을 밟은 걸 봤다고 했어요."

"규칙을 지키지 않고 마음대로 한 건 택이라고요!"

아이들은 억울해하며 선생님에게 말했지만 택이는 꿈쩍도 안 하고 대꾸했어.

"쟤네가 잘못 본 거예요. 저는 금을 밟지도 않고 우기지도 않았다고요."

"택아, 친구들이 모두 네가 금을 밟은 걸 봤다고 하잖아."

"모두 저를 끼워 주기 싫으니까 일부러 그러는 거예요. 전 안 밟았어요."

선생님은 정말로 난감했지.

애들은 교실을 나오며 씩씩거렸어.

"거 봐, 이런 일이 생길 줄 알았어!"

"결국 끼워 줘도 게임을 제대로 못했잖아!"

"우리 이제 택이랑 말도 하지 말자. 걘 정말 구제불능이야!"

땅따먹기 놀이 사건으로 아이들은 이젠 정말로 완전히 택이와 등을 돌려 버렸어.

택이의 제멋대로 하는 행동에 다들 지쳐 버린 모양이야.

불만이 이만저만이 아니었지.

"맨날 자기 멋대로 하고 말이야!"

"맞아! 또 자기가 잘못한 건 절대 사과 안 하고!"

"사과는커녕 자기 잘못을 인정도 안 하잖아!"

"그러니 누가 좋아해?"

이제 아이들은 택이를 없는 사람인 것처럼 행동했단다.

"야, 이제 비켜! 내가 할 거야!"

택이의 말에 택이네 반 애들은 모두 비켜 주었어.

하지만 그뿐이었지.

아이들은 다른 곳으로 가서 놀았어.

"흥, 멍청이들."

택이가 식당에 가서 새치기를 하며 먼저 급식을 받으려고 할 때도 아이들은 그냥 놔두었어.

아무 말도 안 하고 택이가 급식을 다 받고 자리로 갈 때까지 기다렸다가 택이가 가면 그제야 점심을 받았어.

마치 택이와 단 한 걸음도 가까워지고 싶지 않다는 듯이.

모두들 그렇게 택이를 대했지.

그러다 택이의 존재가 가장 잘 드러나는 날이 한 달에 한 번 있었어.

바로 자리를 바꾸는 날이야.

친구들은 택이와 짝이 되거나 같은 모둠이 되는 걸 무척 싫어했거든.

모두들 자기가 택이와 짝이 될까 봐 마음을 졸였어.

자기 마음대로 하는 친구를 누가 좋아하겠어?

“으, 제발 택이만은!”

“나는 만약에 택이랑 짝이 되면 선생님께 자리 바꿔 달라고 할 거야. 안 된다 하면 한 달 동안 학교 안 올 거야!”

“택이랑 같이 앉는 애가 누가 될지 몰라도 벌써 불쌍해!”

“제발 나는 아니었으면!”

택이와 짝이 된 애가 누군지는 바로 알아챌 수 있었단다.

혼자만 울상을 짓고 있으니 말이야.

그 애 빼고는 모두 안도의 표정이었지.

택이는 친구가 없는 자신의 모습을 보보 아저씨에게 들킨 것만 같아 갑자기 부끄러워졌어.

친구가 없다 뿐이겠어?

택이는 그동안 잘 모르던 모습까지 새롭게 알게 된 거야.

택이는 몰랐거든.

친구들이 자신을 그렇게 생각하고 있었을 줄 말이야.

그리고 자신의 모습을 보고 있자니 꼭 외톨이 같았어.

택이에게 보보 씨가 물었어.

"택이, 넌 외롭지 않니? 친구가 없잖아."

사실 조금 그렇긴 해.

하지만 택이는 '친구가 없다'는 보보 씨의 말을 인정하고 싶지 않은 거 있지?

왠지 지는 것 같은 느낌도 들고 말이야.

그래서 택이는 어깨를 으쓱하며 대답했어.

"제가 왜요? 저런 바보들이랑 친구가 되느니 없는 게 낫거든요."

"하지만 아저씨 눈엔 네가 외로워 보이는 구나. 매일 혼자 놀고 혼자 밥을 먹잖아. 친구들은 네게 반응해 주지도 않고 말이야."

택이는 보보 씨에게서 등을 홱 돌려 버렸어.

듣고 싶지 않았거든.

"세상에는 말이야, 혼자 살 수 있는 인간은 없단다."

보보 씨는 아랑곳 않고 택이의 등 뒤에다 대고 말했어.

"사람은 다른 사람들과 함께 있을 때 가장 큰 행복을 느낄 수 있단다. 그렇게 되려면 꼭 지켜야 하는 것이 있지."

택이는 살짝 누그러지며 대꾸했어.

"그게 뭔데요?"

"배려란다."

"배려라고요?"

"그래. 배려는 다른 사람의 마음을 생각해 주는 거야. 때로는 양보도 필요하지."

"양보라고요? 양보 같은 건 힘없는 애들이나 하는 거라고요. 제가 왜 걔네들한테 양보를 해야 하죠?"

택이는 눈을 똥그랗게 뜨며 보보 씨에게 소리를 질렀어.

"아저씨가 말하는 배려나 양보 같은 걸 해 봤자 걔네들은 저를 무시할걸요? 그리고 계속 그런 걸 저한테 원할 거고요."

"택이, 넌 지금까지 친구들에게 배려란 걸 해 본 적이 없잖

아. 해 보지도 않고 어떻게 아는 거냐?"

"그건……."

"양보는 지는 것이 아냐. 더 멋진 사람이 먼저 하는 게 양보야. 우리 모두를 따뜻하게 만들어 주는 마법이지."

택이는 이해할 수 없었어.

내 걸 양보하는 게 왜 우리 모두를 따뜻하게 만들어 주는 걸까?

"넌 아마 못 믿을 거다. 이게 얼마나 행복을 만들어 주는 마법인지 말이야. 이 아저씨한테 마음을 수리 받아보는 건 어떠냐? 속는 셈 치고 말이야."

택이는 잠깐 생각해 봤어.

보보 씨의 말을 잠깐 믿어도 잃을 것이 없을 듯했어.

행복해지지 않으면 보보 아저씨를 다시 찾아와 따지면 될 테니까.

"좋아요. 그 대신 제가 수리를 받아도 행복해지지 않으면 아저씨한테 배로 갚아 줄 거예요. 그런 줄 아세요."

"그래, 만약 네가 행복해지면 너는 나한테 빚을 지는 거다."

보보 씨는 연장들을 꺼내 택이의 마음속에 있는 톱니바퀴의 날을 다듬었어.

날이 어찌나 서 있던지 아주 뾰족뾰족했어.

택이의 비쭉 선 눈처럼 말이야.

보보 씨의 손길에 택이의 뾰족한 톱니바퀴가 서서히 작아지고 있었어.

톱니바퀴는 삐걱거리지 않고 잘 돌아갔지.

"어떠냐?"

"아무렇지도 않은데요?"

택이는 아무것도 느껴지지 않았어.

'보보 아저씨가 뭘 한 걸까?'

"내일이면 알게 될 거다."

보보 씨는 빙그레 웃었어.

"자, 이제 가 봐도 좋다."

보보 씨는 가게 문을 열어 주었어.

아까는 꿈쩍도 하지 않던 문이 활짝 열렸지.

택이는 어쩐지 몸이 가벼웠어.

"그럼 안녕히 계세요."

"그래, 수리가 잘된 것 같구나."

택이는 눈을 떴어.

구름마을에서의 일이 그대로 머릿속에 재생되었어.

너무 생생했거든.

택이는 정말 자신이 달라졌는지 확인해 보고 싶었어.

빨리 학교에 가고 싶었지.

택이는 침대에서 폴짝하고 내려왔어.

이상하게도 택이가 찢어 놓은 봉투와 초대장은 찾아볼 수 없었어.

꿈이었던 건지 알 수 없지만 택이는 얼른 학교로 달려갔어.

하지만 아이들은 모두 모른 척했어.

'역시 달라진 건 없어. 다들 나를 본체만체하잖아?'

그래도 택이는 어쩐지 평소처럼 화가 나진 않았어.

놀이 시간이 되었지.

아이들이 밖에서 고무줄놀이를 하고 있었어.

택이도 같이 껴서 놀고 싶었지.

택이는 아이들에게 물어보았어.

"나도 같이 껴도 돼?"

아이들은 또 모른 척했어.

그리고 힐끔거렸지.

'재가 웬일이야? 우리한테 허락을 구하다니…….'

'하지만 분명 저번처럼 또 우기면서 우리 놀이를 방해할 거야.'

택이는 모두들 아무 말도 하지 않았지만 표정만으로도 어떤 마음인지 알 것 같았어.

"그럼 다음에 끼워 줘."

택이는 돌아서 건물로 쏙 들어갔어.

아이들은 이상하다고 생각했어.

"평소 같았으면 선생님한테 이른다고 난리였을 텐데 오늘은 왜 저러지?"

"그러게 말이야."

하지만 택이는 아무 말도 하지 않았어.

수업 시간이 되었어.

아이들은 수학책을 꺼냈어.

수학 시간이었거든.

그리고 준비물인 색종이도 꺼냈어.

그 때 미루가 허겁지겁 가방 안을 찾는 거야.

색종이를 안 가져왔나 봐.

그러자 택이가 미루에게 자기 색종이를 조금 나눠 주었어.

"나 오늘 색종이 많이 가져왔어. 이거 너 써."

아이들은 모두 택이를 휘둥그레 쳐다보았어.

"쟤 택이 맞아?"

"준비물 같은 거 절대 안 빌려줬는데."

"맨날 자기 멋대로 하고 말이야."

아이들은 택이의 달라진 모습에 이상하다고 생각했어.

그러나 오래가진 못 할 거라고 생각했지.

하지만 택이는 바뀌지 않았어.

택이는 친구들이 자기에게 아무런 반응을 하지 않을 때마다 전처럼 화가 나진 않았어.

조금 속이 상하긴 했지만 말이야.

택이는 벤치에 앉아 아이들이 운동장에서 노는 걸 멀찍이 보고 있었어.

친구들이 같이 노는 게 재미있어 보였어.

부러웠어.

서로 장난치고 웃고 떠드는 모습이 행복해 보였지.

그 때 미루가 택이에게 다가왔어.

“너도 같이할래?”

“정말? 나도 껴도 돼?”

“음, 그 대신 규칙 잘 지키고 우기지만 않으면…….”

“그럼!”

택이는 활짝 웃으면서 미루를 따라 달려갔어.

택이는 세상에서 가장 행복한 웃음을 지어 보였지.

보보 씨는 미소를 띠며 중얼거렸어.

“이번에도 수리가 아주 잘되었어.”

보리 엄마는 보리가 숨겼던 쿠폰 종이들을 쏟아 냈어.

"이, 이건……."

"엄마 속이려고 하지 마, 동생이 이미 다 말했으니까!
어디서 이렇게 많은 돈을 썼나 했더니!
이것 때문에 아빠한테 오늘 용돈 달라고 했던 거였지?"

2
게임에 푹 빠진 아이,
보리

오늘의 손님이 오기 전에 잠깐 마음수리점 이야기를 해 볼까?

마음수리점에는 매일 한 명의 손님만 방문할 수 있어.

사실 마음수리점은 보보 씨가 운영하는 곳 한 곳이 아냐.

비마을, 안개마을 등 마음수리점은 꿈속 마을마다 하나씩 있고 그중에서 보보 씨가 운영하는 마음수리점은 구름마을에 있는 거야.

여러 곳의 마음수리점을 관리하기 위해 본부가 있는데,

본부는 마음수리가 필요한 인간 세상 아이들을 확인하고 추려서, 각 마음수리점에 손님 리스트를 한 달에 한 번씩 보내게 돼.

본부의 손님 리스트는 마음수리점에 우편으로 전달되는데, 한 번에 스무 명 정도의 손님 리스트가 날아와.

그럼 보보 씨는 언제 어떤 손님을 받을지 계획서를 작성해서 다시 본부에 보내지.

보보 씨가 마음수리점 본부에 손님 계획서를 보내면 본부에서는 손님 계획서에 적힌 대로 날마다 손님을 구름마을의 마음수리점에 보내지.

아, 물론 초대장을 보내는 일은 마음수리점에서 하는 일이야.

오늘도 보보 씨는 식료품에서 산 식료품들을 가득 안고 걸어가며 하늘을 보았어.

"오늘은 날씨가 아주 흐리군."

보보 씨는 계란과 소시지를 구웠어.

맛있는 냄새가 마음수리점 안을 가득 메웠어.

군침이 절로 도는 냄새였지.

보보 씨는 소시지를 맛있게 먹으며 오늘의 손님 리스트를 다시 확인했어.

"이런, 시간이 벌써."

보보 씨는 시간을 확인하고는 손님 맞을 준비를 했어.

설거지도 하고 연장을 손질하면서 말이야.

보리는 게임하는 걸 굉장히 좋아하는 아이야.

공부 한 시간은 겨우 해도 게임 두 시간은 거뜬하게 할 수 있지.

게임 속에서는 신기한 세상이 펼쳐지고 또 다른 내가 되어 온갖 데를 누비고 다니니 보리는 게임을 할 때면 언제나 가슴이 두근두근댔어.

그리고 보리는 게임으로 친구들에게도 꽤 인정받았어.

보리 친구들은 보리가 게임을 제일 잘한다고 생각했거든.

보리도 친구들이 인정해 주니 어깨가 으쓱해졌지.

사실 그렇긴 해도 엄마와 아빠에게 보리가 좋아하는 게임

이란 건 굉장한 골칫거리였어.

"그런 일이 있었어? 보리, 이 녀석! 안 되겠군."

"어휴, 정말 요즘 보리 때문에 걱정이 이만저만이 아니에요! 예전에는 안 하던 거짓말까지 하고, 용돈도 다 써 버리고! 당신이 얘기 좀 해 봐요!"

그날은 게임 때문에 보리가 태어나서 가장 많이 혼난 날이었단다.

보리는 눈물이 쏙 빠지도록 엄마 아빠에게 혼이 났지만 그래도 게임이 여전히 너무너무 좋았어.

하지만 뭔가 변해야겠다는 생각은 드는데, 마음이 따라주지 않아.

보리는 어떻게 해야 할지 잘 몰라 갈팡질팡했어.

그날 밤, 보리는 자려고 누웠는데 베개 속에서 뭔가 만져졌어.

봉투였지.

봉투 속에 있는 초대장을 꺼내 읽어 보았어.

당신을 구름마을 마음수리점으로 초대합니다.

“이게 뭐지? ‘구름마을’? 꼭 무슨 게임 속 세상 같네! 이렇게 오늘처럼 우울한 날, 진짜 게임 속으로 들어가 버렸으면 좋겠네. 에휴, 잠이나 자자…….”

보리는 초대장과 봉투를 책상 위에 올려놓고 잠이 들었어.

“으앗, 여기가 어디지?”

보리는 벌떡 일어났어.

온통 구름인 곳에 떨어져 있으니 꼭 둥실둥실 떠다니는 느낌도 들고 몸도 가벼워지는 것 같았어.

“우, 우와!!”

보리는 탄성을 내질렀어.

보리는 구름마을이 마음에 들었어.

“드디어 내가 게임 속으로 들어온 거야!”

보리는 여기저기 펄쩍펄쩍 뛰어다니며 마을을 구경했어.

보리는 구름 벤치에도 앉아 보고 구름 분수에도 손을 갖다 대보며 신이 났어.

그런데 조금 이상했어.

분명 멋있는 마을인데, 거리를 다니는 사람이 한 명도 없는 거야.

보리는 두리번거리며 구름마을을 조금 더 돌아다녔어.

보리는 어느 가게를 발견했어.

왠지 그곳에 들어가고 싶어졌어.

이상하게도 그냥 그런 마음이 들었어.

보리는 자기도 모르게 '똑똑' 하고 문을 두드렸지.

주인이 문을 열었어.

거인이 서 있었고, 보리는 입을 다물지 못했어.

바로 마음수리점이었어.

보리는 보보 씨의 모습을 보고 또 한 번 탄성을 내질렀어.

"우, 우와!!"

"안녕, 얘야. 들어오렴."

보보 씨는 보리를 가게 안으로 들어오게 했어.

"안녕하세요!!"

"참 명랑하기도 하구나. 넌 여기가 어딘지 아는 거냐?"

"그럼요. 아저씨는 엔피씨죠?"

"엔, 뭐? 그게 뭐냐?"

보보 씨는 한 30년 만에 당황스러웠어.

처음 들어보는 말이었거든.

보보 씨는 처음 듣는 낯선 단어에 머리를 긁적였어.

그리고 꼬마 손님에게 되물었지.

"엥? 아저씨가 엔피씨면서 그것도 몰라요? 아차! 여기 사람들은 이곳이 진짜 세상인 줄 알 거야! 음, 그러니까 말이에요. 저 같은 처음 보는 인간을 도와주는 사람 말이에요. 퀘스트도 주고, 아이템도 주고 하는 그런 거요."

"흠, 실망시켜서 미안하다만 난 엔피씨가 아니란다."

"헉, 그렇다면 나와 다른 플레이어?"

"미안하지만 여긴 네게 생각하는 그런 세상 속은 아니란다."

"에이, 아니라고요? 하지만 꿈속이라기엔 너무 현실 같고, 이런 구름마을은 게임 속에서밖에 본 적이 없어요."

"게임을 좋아하는 녀석이로구나."

"네. 저는 게임을 엄청 좋아하거든요! 게임 속에서 진짜 플레이어가 되고 싶다는 생각을 했었거든요. 그래서 오늘 드디어 그 소원이 이루어지나 했더니, 역시!"

보리는 아쉽다는 듯이 말했어.

"네 이름이 보리 맞지?"

"와! 아저씨가 제 이름을 어떻게 알아요?"

"나는 보보라고 한단다. 네가 오늘 내 가게에 오기로 한 손님이니까 알고 있었지."

"제가 오기로 했다고요? 어떻게요? 여기가 뭐 하는 가게인데요?"

보리는 잔뜩 흥분해서 보보 씨에게 매달리며 물었어.

"허허, 우리 가게는 마음수리점이란다."

"마음수리점이라고요?"

"그래, 손님의 마음을 수리하는 그런 가게지."

"우, 우와!! 저 기억났어요! 그럼 혹시 아저씨가 저한테 초대장을 보낸 거예요? 베개 속에 숨겨 둔 그 초대장 말이에요!"

"흠, 그걸 기억하는 손님은 거의 없는데……. 뭐, 설명하려면 하루는 걸릴 테지만 일단 너에게 초대장을 보낸 사람은 나지. 우리 얘기 좀 나눠 볼까?"

"좋아요!"

"이 아저씨가 너를 본 지 5분도 안됐는데 뭘 가장 좋아하는지 바로 알겠다."

"네! 전 게임할 때가 가장 좋아요!"

"왜지?"

"아저씨, 그걸 말이라고 해요? 재밌으니까 좋은 거죠. 요즘 애들은 게임 하나씩은 기본적으로 다 취미로 한다고요. 게임 안 하면 애들 사이에서 끼지도 못한다고요."

"흐음, 그래? 그 게임이 어떤 점에서 보리 네 맘에 드는 거지?"

"그거야……, 음……, 그냥 사냥하는 것도 재미있고, 다른 적들이랑 싸우는 것도 재미있고, 퀘스트도 깨는 게 재밌고요. 아무튼 제가 살고 있는 현실이랑 다르잖아요. 뭔가 새로운 경험을 하는 기분?"

게임 이야기를 시작하니 보리는 쉴 새 없이 떠들어 댔어.

“근데 현실에서는 맨날 학교 가고 학원 가고 공부만 하거든요. 너무 지루해요. 숙제 안 하면 선생님이랑 엄마한테 잔소리 듣고! 아, 그래도 좋은 점이 있죠. 같이 게임할 수 있는 친구를 만난다는 거? 친구랑 해야 더 재밌거든요. 애들도 게임 하나만으로 절 인정해 주거든요. 그래서 전 가끔 그런 생각해요. 아, 차라리 게임 속에 살면서 진짜 캐릭터가 돼서 사냥도 하고 그러면 얼마나 좋을까! 진짜, 재밌을 거 같거든요? 공부는 정말 재미가 없거든요.”

“보리가 게임을 굉장히 좋아하는구나.”

“네!”

“네가 굉장히 좋아하는 걸 알겠다만, 아저씨가 보기엔 그 게임 때문에 네가 곤란을 겪고 있는 것 같은데 말이다. 그 게임 얘기를 할 때마다 네 마음 속 톱니바퀴가 정신없이 뱅글뱅글 돌고 있거든.”

“음……, 글쎄요…….”

보보 씨가 눈을 치켜뜨며 물었지만 보리는 엄마한테 혼난

것까지 몽땅 다 까맣게 잊어버렸는지 잘 모르겠다는 듯이 대답했어.

"그게 오늘 네가 이 마음수리점에 오게 된 이유지. 네가 잘 모르겠다면 아저씨가 한번 보여 주마."

보보 씨는 낡은 시계를 꺼내 보였어.

"우와! 그건 뭐에 쓰는 아이템이에요?"

"보리, 다시 한 번 말하지만 여긴 게임 속 세상이 아니란다."

"이얏! 그렇지! 얼른 북쪽으로 가! 어서!"

보리는 키보드를 두드리며 다급히 말했어.

"보리, 뭐 하니? 이제 자야지!"

보리 엄마가 보리의 방문을 열며 말했어.

"보리! 이제 그만하고 얼른 자도록 해!"

"아, 잠깐만요! 이제 곧 끝난단 말이에요!"

"이것만 끝내고 얼른 자! 알겠니?"

"네, 네!"

보리는 엄마 얼굴을 보지도 않고 게임에 잔뜩 집중한 채로 건성으로 말했어.

보리 엄마는 고개를 절레절레 흔들며 보리의 방을 나갔지.

보리는 퀘스트 하나를 끝내고 함께한 캐릭터들과 채팅을 나눴어.

ㄴ 와, 이번 판은 레전드!!!!!

ㄴ 장난 아니었음. ㄷㄷ

ㄴ 오랜만에 좋은 팀 만난 듯.

ㄴ ㄷㄷ

ㄴ 한 판 더 ㄱㄱ?

ㄴ 전 가능임다.

ㄴ 저도 ㅇㅇ

ㄴ 가능 ㅇㅇ

ㄴ '보리보리쌀'님은요? 저희 한 판 더 돌죠. ㄱㄱ

보리는 고민했어.

분명 엄마가 딱 이번 판만 끝내고 자라고 한 게 생각났거든.

근데 너무 고민이 되는 거야.

'으, 어떡하지? 이번에 진짜 제대로 된 팀을 만났는데!'

ㄴ 님들, 잠시 기달.

ㄴ ㅇㅋ

보리는 살금살금 방을 나와 안방을 들여다보았어.

엄마 아빠는 벌써 잠들어 있었어.

그리고 이번에는 작은 방도 살짝 들여다보았어.

고자질쟁이 동생도 자고 있으니 염려할 필요가 없을 것 같았어.

보리는 조용하지만 빠르게 다시 방으로 들어갔어.

ㄴ 저도 갑니다.

ㄴ 오 그럼 파티 유지하고 갑니다.

ㄴ ㄱㄱ

보리는 게임 속 캐릭터들과 임무를 완수하며 희열감을 느꼈지.

정말 짜릿하고 행복했어.

이런 날이 또 있을까?

오늘은 완전 재수가 좋은 날인 것 같아.

그러나 그것도 오래가지 못 했어.

“으, 음. 아이고, 깜빡 잠들었잖아?”

보리 엄마는 부스럭거리며 일어났어.

보리 엄마는 작은 방에 들어가 보리 동생이 자고 있는 걸 확인했어.

이불도 폭 덮어 주고 뽀뽀도 해 주고 나왔어.

이번에는 보리 방으로 들어가려고 했어.

그런데 이상하게도 방 안의 불은 꺼져 있는 것 같은데 밝은 빛이 희미하게 새어 나오는 듯 했어.

보리 엄마는 방문을 살짝 열었지.

보리의 방 안을 들여다본 엄마의 얼굴은 순식간에 얼굴이 붉어졌어.

"보리! 그만두지 못해?"

"으앗, 깜짝아!"

보리는 엄마의 목소리에 깜짝 놀라 소리를 질렀어.

"보리! 지금 몇 시인 줄 알아? 새벽 2시라고!"

"앗, 엄마, 그게 아니라……, 한 판만 더 하려고 했는데 나도 모르게 그만……."

보리 엄마는 보리의 말을 다 듣기도 전에 컴퓨터를 다 꺼 버렸어.

컴퓨터 속 화면은 아무것도 없는 검은색으로 바뀌었지.

"됐어! 얼른 자! 내일 학교 어떻게 가려고 그래?"

보리 엄마는 방문을 쾅 닫고는 나갔어.

'한참 재미있었는데! 이제 끝이 보였는데…….'

보리는 침대에 이불을 덮고 누웠지만 게임 속 세상이 자꾸 어른거렸어.

'이번 판만 끝냈으면 레벨 업해서 아이템을 낄 수 있었는데!'

'내일 마을에 가면 무기도 수리하고 새 장비를 사야지!'

보리는 잠이 오지 않아 자꾸만 자기도 모르게 게임 회로를 머릿속으로 돌렸어.

"보리! 어서 일어나! 학교 가야지! 아직도 못 일어난 거야?"

엄마는 보리의 엉덩이를 찰싹 때렸어.

"으, 윽."

"보리, 오늘도 그렇게 늦게까지 게임해 봐! 혼날 줄 알아!"

"어제도 혼냈잖아요!"

"뭐라고?"

"씻을게요!"

보리는 엄마가 또 뭐라고 할까 봐 화장실로 쏙 들어갔어.

보리는 학교에 갔어.

수업 시간이 왜 이렇게 길고 졸린지 눈이 감기는 걸 참느라 혼났어.

보리는 학교에 있는 시간이 가장 끔찍하고 싫었지만 그래도 그나마 친구들과 쉬는 시간에 게임 이야기를 하는 게 즐거웠어.

"보리! 오늘도 접속할 거야?"

"그래야지!"

"근데, 너 오늘 학원 가야 한다고 하지 않았어?"

"아, 맞다! 학원 가야 해……."

"정말? 오늘 중요한 날인데! 이벤트 마지막 날이라구!"

"으으, 어떡하지?"

"오늘만 빠지면 안 돼? 네가 있어야 재미있다고!"

"빠진다고 해도 집에서는 못해. 어제 늦게까지 게임한 걸 엄마한테 들켰어. 오늘도 게임하면 분명 혼날 거야……."

"용이네 집에 가면 되잖아! 용이네 집은 컴퓨터 두 대니까! 우린 각자 집에 가서 접속할게."

"맞아, 보리야! 우리 집에 와. 우리 엄마 아빠 오늘 늦게 들어오시거든."

"음……."

보리는 친구들의 말에 얼굴을 찡그리며 생각에 잠겼어.

"오늘 중요한 날이라니까? 오늘만 하고 내일부터 적당히

하면 돼!"

"맞아. 이런 중요한 마지막 날을 놓칠 셈이야?"

"음, 그래. 알았어! 학원 선생님한테는 아프다고 말하지 뭐!"

보리는 다음 수업 시간에도 너무너무 졸렸지만 끝나고 친구들과 게임을 할 생각에 꾹 참았어.

보리는 학교 수업이 끝나자마자 용이네 집으로 달려갔어.

그리고 학원 선생님께 문자하는 것도 잊지 않았지.

ㄴ 선생님, 저 오늘 아파서 학원에 못 갈 것 같아요.

ㄴ 그러니? 알겠다. 푹 쉬렴.

보리는 용이와 친구들과 함께 신나게 게임 속 세상으로 들어갔어.

그 누구에게도 방해받고 싶지 않은 그런 시간이었어.

잔뜩 흥분한 채로 게임에 집중했지.

시간이 얼마나 지났는지 모른 채 말이야.

보리의 휴대폰 벨이 울렸어.

"보리! 휴대폰 계속 울리는데? 받아 봐!"

보리가 키보드를 빠르게 두드리며 말했어.

"아잇, 중요한 때에!"

보리는 휴대폰을 확인했어.

"앗!"

엄마의 전화였어.

"어떡하지? 받지 말까?"

"안 받는 게 더 이상하지 않아? 일단 받아 봐!"

보리는 용이의 말대로 전화를 받았어.

"여, 여보세요?"

"보리, 어디야?"

"학, 학원이요……."

"지금이 몇 시인데 아직도 안 끝났어?"

"할 게 많아서 좀 늦게 끝날 것 같아요……. 곧 끝나요!"

"그래. 끝나면 곧장 집으로 와야 해!"

"네, 네!"

보리는 전화를 끊었어.

"용아! 지금 몇 시지?"

"지금 7시!"

"헉! 원래 학원에 있는 시간보다 훨씬 지났잖아? 나 갈게!"

"알았어."

보리는 부리나케 용이네 집을 나왔어.

"다녀왔습니다!"

"오늘은 왜 늦게 끝난 거니?"

"할, 할 게 많아서요."

"배고프지?"

"별로 안 고파요! 옷 갈아입을게요!"

보리는 엄마의 얼굴을 보니 조금 죄책감이 들어서 곧장 방 안으로 들어갔어.

'휴, 오늘은 운이 좋았던 거야. 앞으론 그러지 말아야지……!'

하지만 보리의 다짐은 오래가지 못했어.

원래 거짓말이 그렇잖아.

처음이 어렵지, 두 번, 세 번은 쉽거든.

"보리! 저번에 안 걸렸잖아! 이번에도 괜찮을 거야."

"그럼! 6시까지 집으로 가면 돼."

"하긴, 학원이 5시 30분에 끝나니까 6시에 들어가면 의심 받지 않을 거야."

"학원 선생님한테도 집에 일이 있다고 하면 되니까."

"보리, 네가 있어야 재밌다고!"

"그리고 오늘, 특별한 퀘스트가 주어지는 날이라고! 안 할 거야? 좋은 아이템 상자가 나올지도 모르는데?"

보리는 결국 유혹을 이기지 못했어.

보리는 그렇게 게임 속 세상으로 더, 더 빠져들었어.

"보리, 아저씨가 보기엔 문제가 있는 것처럼 보이는걸."

"흠, 흠."

"네가 게임을 하느라 날마다 밤에 늦게 자잖아."

"매일 그러는 것도 아닌 걸요, 뭐. 보셨겠지만 늦게 자면 엄마한테 혼난다고요."

"그래도 계속하잖니."

"학교는 잘만 간다고요."

"학교에서의 네 모습을 봐. 풀 죽은 콩나물 같구나."

"음……."

"학원도 빠지고 말이야. 엄마에겐 거짓말도 하고."

"하지만 다른 애들도 하는 걸요……. 그리고 친구들이 제가 있어야 재밌다고 하니까……. 애들이 자꾸 절 부추긴다고요. 근데 어떻게 거절해요?"

"그럼, 보리 네 말은 친구 때문에 하는 거다?"

"뭐, 꼭 그런 건 아니지만요……."

보리는 어쩔 줄 몰라 하며 주위를 살폈어.

"아저씨가 걱정되는 건 이것뿐만이 아닌 것 같은데. 사실 더 있잖아."

"글쎄요……."

보리는 시치미를 뚝 뗐어.

보리와 친구들은 오늘도 쉬는 시간에 모여 게임 이야기를 했어.

"요즘 너무 재미없어!"

"맞아, 아무리 열심히 해도 레벨도 잘 안 오르고, 공격도 영 꽝이란 말이지."

"너네 아직 게임의 참맛을 모르는구나!"

갑자기 선이가 끼어들어 으스대며 말했어.

"그 참맛이 뭔데?"

"짠!"

선이는 휴대폰에 저장되어 있는 캐릭터 사진을 보리와 친구들에게 보여 주었어.

"우, 우와!!"

"헉! 너 이거 어디서 난 거야?"

"보면 모르니? 이게 바로 현금 찬스라는 거야."

"어떻게 한 거야?"

"형이 도와줬어."

"와, 형 있어서 좋겠다……. 이런 것도 도와주고."

"야, 말도 마! 내가 이거 하려고 형한테 뭘 했는지 알아?"

"뭐 했는데?"

"내 용돈도 바치고, 심부름도 며칠 동안 했다고!"

"그래도 좋겠다……."

"한 번 알고 나면 뭐, 별거 없더라. 이 쉬운 걸 왜 몰랐는지 싶어. 너네 엄마 아빠한테 다 용돈 받을 거 아냐? 돈만 있으면 어떻게 하는지 알려 줄게!"

"진짜?"

"야, 우리도 하자!"

"진짜, 요즘엔 이렇게 안 하면 게임을 할 수가 없다니까? 다들 하니까."

"그러니까 말이야."

"그럼, 다들 주말에 우리 집으로 모여! 자기 용돈 가져오는 거 잊지 말고!"

기다리던 주말이 되었어. 보리는 서둘러 나갈 준비를 했어. 용돈 챙기는 것도 잊지 않았지.

평소보다 많이 챙겼어.

보리는 엄마에게 들키고 싶지 않아서 종이돈을 바지 주머니, 점퍼 주머니 여기저기에 찔러 넣었지.

보리가 나가려 하자, 엄마가 물었어.

"보리 어디 가니?"

"친구들 만나러요!"

보리는 이렇게 대답하고는 얼른 집을 빠져나왔어.

'엄마가 눈치채지는 않았겠지?'

불안한 마음도 잠시, 보리는 업그레이드 될 캐릭터를 생각하니 기분이 좋아졌어.

콧노래를 부르며 놀이터로 달려갔지.

"다들 돈 챙겨 왔지?"

"그럼!"

"우리 어디 가는 거야?"

"문구점에 갈 거야."

"문구점은 왜?"

"게임 머니로 바꿀 수 있는 쿠폰을 사야지."

선이가 앞장서서 보리와 친구들을 데리고 문구점에 들어갔지.

"아저씨! 저희 다 한 장씩 주세요. 5,000원짜리로요."

문구점 아저씨는 아이들이 우르르 몰려와 게임 머니를 사니까 의심스러웠어.

"녀석들 정말 너희들 돈으로 사는 거냐?"

"그럼요! 다 저희 용돈이라고요!"

아이들이 내는 한목소리에 문구점 아저씨는 머리를 긁적이며 쿠폰을 팔았어.

보리와 친구들은 선이네 집으로 갔어.

선이는 으스대며 친구들에게 현금으로 산 쿠폰으로만 살 수 있는 장비들을 여러 개 구입하는 걸 보여 줬어.

점점 힘이 세지는 캐릭터의 모습을 보며 모두들 기뻐했지.

물론 보리도 마찬가지였어.

평소에 상상했던 캐릭터 모습이었거든.

그 이후로 보리는 용돈을 받으면 즉시 게임하는 데 써 버렸어.

멋있는 장비도 사고, 아이템도 사며 보리의 캐릭터는 점점 더 멋있어졌지.

하지만 보리의 모습은 엉망이 되어 가고 있었어.

용돈으로 맛있는 간식을 못 사 먹고 준비물도 사지 못해서 학교에서 친구들에게 준비물을 빌려 쓰는 일이 많아졌어.

그래도 보리는 게임에 접속할 때마다 그런 불편함이 싹 가셨지.

"이 맛에 하는 거지!"

점점 멋있어지는 캐릭터 모습에 보리는 뿌듯했어.

보리는 오랜만에 평일에 집에서 게임하는 걸 허락받았어.

보리가 자주 게임 때문에 평일 밤에도 잠을 자지 않는 다는 걸 알게 된 이후로 보리 엄마가 게임은 주말에만 하게 했거든.

물론 그런다고 해서 보리가 평일에 게임을 하지 않았던 건 아니었지만 말이야.

밖에 나가면 게임을 즐길 수 있는 곳은 아주 많았으니까.

그래도 정식으로 허락을 받으니 보리는 마음 놓고 게임을 할 수 있었어.

게임에 접속하니 웬걸, 그사이 어제부터 새로운 이벤트가 시작되었어.

'랜덤 박스에 나오는 아이템들을 확인하세요!'

"우, 우와!!"

보리는 랜덤 박스에 나오게 될 아이템이 무엇인지 클릭해 보았어.

거기엔 보리가 갖고 싶어 하던 아이템도 있었지.

하지만 랜덤 박스는 진짜 돈을 내야만 가질 수 있는 거였어.

'음, 어쩌지. 하나 산다고 내가 원하는 게 나오지 않을 텐데…….'

'그래도 한번 해 볼까? 지금 게임 머니로 한두 개 정도는 살 수 있으니까…….'

보리는 고민하다 결국 두어 개 랜덤 박스를 구입했어.

하지만 예상대로 보리가 원하는 물건이 나오지 않았지.

"으, 역시 호락호락하지 않군!"

보리는 왠지 오기가 생겼어.

원하는 물건이 나올 때까지 도전하고 싶었어.

보리는 가방을 향해 달려가 얼른 지갑을 찾아 열어 봤어.

'그래, 이번 달은 간식 좀 덜 사 먹지 뭐.'

'그래, 다이어트도 할 겸 간식은 금지다!'

'그래, 준비물 살 돈이 없으면 아빠 심부름하고 용돈 좀 더 받지 뭐.'

보리는 계속 계속 용돈을 게임에 쓸 핑계를 만들었어.

그리고 용돈은 조금씩 없어져 갔지.

'그래, 이번엔 진짜 나올 거야!'

'그래, 이제 마지막이야!'

'한 번만 더!'

'이번엔 제발! 꼭!'

하지만 보리는 용돈을 다 쓰고도 원하는 물건을 가질 수 없었어.

게임 속에는 보리에게 쓸모없는 물건들로 가득했어.

“에잇! 팔아도 별거 없는 물건들뿐이잖아!”

보리는 용돈을 다 쓰고도 자꾸만 다시 도전해 보고 싶었어.

“이번엔 왠지 나올 것 같은데…….”

“이번이 아니면 절대 가질 수 없는 건데…….”

보리가 고민하는 사이 거실에서 엄마와 아빠 목소리가 들렸어.

“여보, 막내랑 시장에 다녀올게요.”

“그래요.”

보리 엄마와 동생이 나가는 소리가 들렸어.

보리는 선이에게 전화를 걸었어.

“야, 선아! 너 이벤트 봤어? 랜덤 박스 이벤트 말야.”

“그럼, 말도 마. 내가 그것 때문에 얼마를 썼는지 알아?”

“난 벌써 용돈 다 써 버렸어. 어떡하지? 근데 거기에 나오는 아이템 말이야, 이번이 아니면 가질 수 없는 거잖아!”

“동생한테 빌려 봐.”

“걘 용돈 안 받아.”

"그래도 어른들이 줄 거 아냐."

"어디다 꼭꼭 숨겨 놨는지 보이지도 않아."

갑자기 보리는 랜덤 박스를 탈 수 있는 방법이 떠올랐어.

"야, 생각났다! 선아, 잠깐 끊어 봐!"

보리는 전화를 끊고는, 거실을 살폈지.

보리 아빠는 소파에 누워 책을 보고 계셨어.

"이 타이밍에 아빠가 잠들기만 하면 딱인데!"

보리는 아빠를 계속 살폈어.

보리가 계속 기웃거리자, 아빠가 물었어.

"보리, 할 말이 있는 거야?"

"아, 아뇨. 없어요. 물이나 마시려고요."

보리는 목마르지 않았지만 물통에 있는 물을 컵에 따르고는 컵을 갖고 방 안에 들어갔어.

'그래, 조금만 기다려 보자.'

시간이 조금 지나고 보리는 아빠가 누워 있는 소파를 살폈어.

예상대로 아빠는 코를 드르렁 골며 잠이 들었어.

보리는 조용하고 재빠르게 안방으로 들어갔어.

그리고 아빠 외투를 찾았지.

외투 주머니를 여기저기 뒤져 보았어.

손에 무언가가 잡혔지.

손에 잡힌 걸 펼쳤어.

그리고 몇 장을 집어 자기 바지 주머니 속에 쏙 넣었어.

보리는 곧장 안방에서 나와 달려갔어.

랜덤 박스를 사러 말이야.

"어떻게 이럴 수가 있지? 어떻게 하나도 나오지 않을 수가 있냐고!"

보리는 소리를 내질렀어.

지금까지 보리가 산 랜덤 박스는 100개가 넘었지만 안타깝게도 보리가 갖고 싶었던 물건은 나오지 않았어.

"으윽, 너무 치사해!"

"여보, 보리야, 다녀왔어."

엄마가 들어온 소리를 듣고 보리는 결국 포기했어.

"다, 다녀오셨어요?"

보리는 엄마의 시장바구니를 들어 드렸어.

옆에서 동생은 막대사탕을 빨고 있었어.

"형 거는 어딨어?"

"형은 같이 안 갔잖아. 이건 내 거야."

보리는 동생이 얄미워 보여 볼을 꼬집으며 말했어.

"이 욕심쟁이! 형님 걸 까먹어?"

"으악! 엄마, 형이 괴롭혀!"

"보리! 그만해."

"치이."

보리는 동생 놀리는 걸 그만두고 방으로 들어왔어.

"윽, 그나저나 이번 달 용돈을 다 써 버렸는데, 어떡하지?"

"용돈을 왜 다 썼는데?"

동생이 방에 들어와 물었어.

"넌 알 거 없어!"

보리는 침대에 철퍼덕 누웠어.

"이게 다 뭐야?"

동생이 보리가 랜덤 박스를 사기 위해 사들인 쿠폰들을 집으며 물었어.

"다 필요해서 산 거니까 신경 꺼!"

보리는 동생을 방에서 내보냈어.

이튿날 아침, 보리는 바로 학교에 가져갈 준비물이 생각났어.

'이크, 맞다! 어쩌지? 어쩌긴 뭘 어째. 아빠한테 조금만 달라고 해야지.'

보리는 아빠에게 가 물었어.

"아빠, 이번 주 용돈 조금만 더 주시면 안 돼요?"

"무슨 일이야? 이번 주 용돈 준 지가 일주일도 안 됐는데?"

"그, 그게 준비물이 필요한데 비싸서요."

"준비물?"

"네. 오늘 꼭 가져가야 해요."

"보리, 너 이상한걸. 용돈 다 쓴 거 아니지?"

보리 엄마가 끼어들며 날카롭게 물었어.

"아, 그런 거 아니에요! 이번 달은 용이 생일 선물도 사야 하고, 필기도구도 다시 사야 되고 또……."

"그래, 알았다, 알았어!"

아빠는 의자에서 일어나 안방으로 들어갔어.

보리는 신이 나서 아빠를 따라 들어갔지.

아빠는 지갑을 펼치더니 갸우뚱했어.

"이상하네……."

"아빠, 왜 그러세요?"

"돈이 이것보다 많이 있었는데……?"

"네, 네?"

"돈이 발이 달린 것도 아니고, 이상하네. 내가 착각했나?"

아빠는 고개를 갸우뚱하며 보리에게 몇 장 꺼내서 건네주었어.

'휴……, 다행이다.'

하지만 보리의 마음의 평화는 오래가지 못했어.

보리는 오늘도 학원은 내팽개치고 용이네 집에 가서 게임을 했지.

그런데 평소보다 30분 일찍 엄마한테 전화가 오는 거야.

"여보세요?"

"보리, 당장 집으로 와! 어서!"

엄마의 화난 목소리에 보리는 뭔가 불길했어.

"이상한데……. 야, 나 아무래도 가 봐야 할 것 같아."

"아직 30분이나 남았는데?"

"엄마가 화가 잔뜩 난 채로 전화했는걸. 왜 그러지?"

보리는 가방을 메고 집으로 갔어.

문을 여니 보리 엄마는 서서 팔짱을 낀 채로 보리를 기다리고 있었어.

"보리! 이리 와 앉아!"

"왜, 왜 그러세요?"

보리는 고분고분하게 자리에 앉았어.

"오늘 학원 선생님께 전화 왔어. 요즘 네가 자주 빠진다고 말이야!"

"앗, 그, 그건……."

"엄마가 얼마나 부끄러웠는 줄 알아? 그리고 이게 다 뭐야?"

보리 엄마는 보리가 숨겼던 쿠폰 종이들을 쏟아 냈어.

"이, 이건……."

"엄마 속이려고 하지 마, 동생이 이미 다 말했으니까! 어디서 이렇게 많은 돈을 썼나 했더니! 이것 때문에 아빠한테 오늘 용돈 달라고 했던 거였지?"

"아, 아니에요! 난 그냥……."

보리는 엄마의 큰 소리에 자꾸만 작아져 갔어.

하지만 이게 끝이 아니었어. 엄마가 아빠에게도 말했거든.

보리 아빠는 지금까지 보이지 않았던 무서운 얼굴을 하며 보리를 혼내고는 '게임금지령'을 내렸어.

컴퓨터도 보리 방에서 치워 버렸지.

보리는 엄마 아빠의 무서운 얼굴보다, 이제 게임을 어떻게 해야 하나라는 생각이 더 앞섰어.

지금까지 게임에 공을 들인 게 얼만데!

보리는 보보 씨에게 지금까지 있었던 일들을 모두 들킨 것만 같았어.

보리는 그제야 보보 씨에게 속 시원하게 마음을 털어놓았어.

"사실은요. 게임 때문에 엄마한테 자주 혼나요. 어제도 엄청 혼이 났죠. 게임 머니 때문에요. 아빤 저에게 게임금지령까지 내렸고, 컴퓨터도 치워 버렸어요. 저도 고쳐야겠다는 생각이 들기는 하는데, 그게 잘 안 돼요. 한 번 시작하면 더 하고 싶고, 안 하면 자꾸 생각이 나고……."

"네 잘못을 인정하는 거냐?"

"네……."

"네가 스스로를 바꾸고 싶다면 아저씨가 도와줄 수 있지."

"정말요?"

"그래. 아까도 아저씨가 네게 말했지? 네 마음의 톱니바퀴는 너무 빠르게 돌고 있어. 특히 게임할 때 말이야. 아저씨는 네 톱니바퀴가 천천히 돌도록 나사를 조여 줄 수 있단다."

"그렇게 되면 제가 달라질까요?"

"한번 믿어 보렴. 어제도 나에게 빗진 아이가 한 명 있었지."

"그럼 아저씨에게 저를 맡겨 보고 싶어요."

보보 씨는 빠르게 회전하는 보리의 마음의 톱니바퀴를 꽉 조여 주었어.

"어떠냐?"

"음……. 뭐가 달라졌는지 잘 모르겠는걸요?"

"하지만 자고 나면 달라져 있을 거다."

보보 씨는 마음수리점 문을 열어 주었어.

"자, 이제 손님은 갈 시간이다. 잘 가렴."

"진짜 제가 모험한 것처럼 너무 재미있었어요, 헤헤. 아저씨 그럼 안녕히 계세요!!"

보리는 눈을 떴어.

"뭐지? 꿈이었나? 꿈이라기엔 게임처럼 기분이 좋고 생생한걸! 정말 구름마을에 다녀온 걸까?"

보리는 펄쩍 뛰어서 일어나 학교에 갈 준비를 했어.

"보리, 오늘 학교 갔다가 곧장 집으로 와! 알았어?"

엄마는 날카로운 목소리로 보리에게 말했어.

"걱정 마세요!"

그러고는 화장실로 쏙 들어갔어.

"어제 많이 혼나서 풀이 죽어 있을 줄 알았는데, 평소랑 똑 같네……?"

학교에 오자마자 용이가 보리에게 말했어.

"보리! 오늘도 우리 집에 와서 같이 게임하자!"

"게임?"

"그래! 그 랜덤 박스 이벤트 말이야. 기한 연장됐대! 다시 해 보자! 선이한테 들었어. 너네 랜덤 박스 엄청 샀다며? 근데 원하는 건 안 나왔지? 선이도 다시 해 본대!"

"음……."

"오늘은 학원 가는 날도 아니니까 괜찮지? 집에는 그냥 우리 집에서 논다고 하고 말이야!"

"음……."

"보리! 네가 있어야 재밌다고!"

“음……, 아냐. 다음에 놀자. 오늘은 엄마한테 일찍 집에 가겠다고 약속했어.”

“어제 혼났구나?”

“솔직히 말하면 많이 혼났는데, 꼭 그것 때문에만은 아냐.”

“그럼 왜?”

“오랜만에 집에 일찍 가서 동생 좀 놀아 주고 엄마도 도와드릴 거야.”

“뭐?”

애들은 처음 듣는 보리의 말에 눈이 동그래지며 놀란 표정을 지었어.

그러고는 곧 키득거렸지.

“보리 네가?”

하지만 보리는 진지하게 친구들에게 말했어.

“그동안 너무 게임만 했던 것 같아. 이제 다른 재밌는 걸 찾아야겠어! 오늘은 안 되고 내일은 밖에서 같이 자전거 타지 않을래? 오랜만에 자전거 타고 싶어!”

"음……."

이번에는 용이와 친구들이 고민했어.

"오랜만에 자전거 타면 재미있을 거야! 아이스크림도 사 먹고!"

"음, 그럴까?"

"하긴 요즘 날씨도 좋으니까. 자전거 타고 공원으로 가서 캐치볼도 하는 거야!"

"그래!"

보리는 세상에서 가장 행복한 웃음을 지어 보였지.

보보 씨는 보리와 친구들을 지켜보며 씩 웃었어.

"나도 오랜만에 바람 좀 쐬어 볼까. 허허."

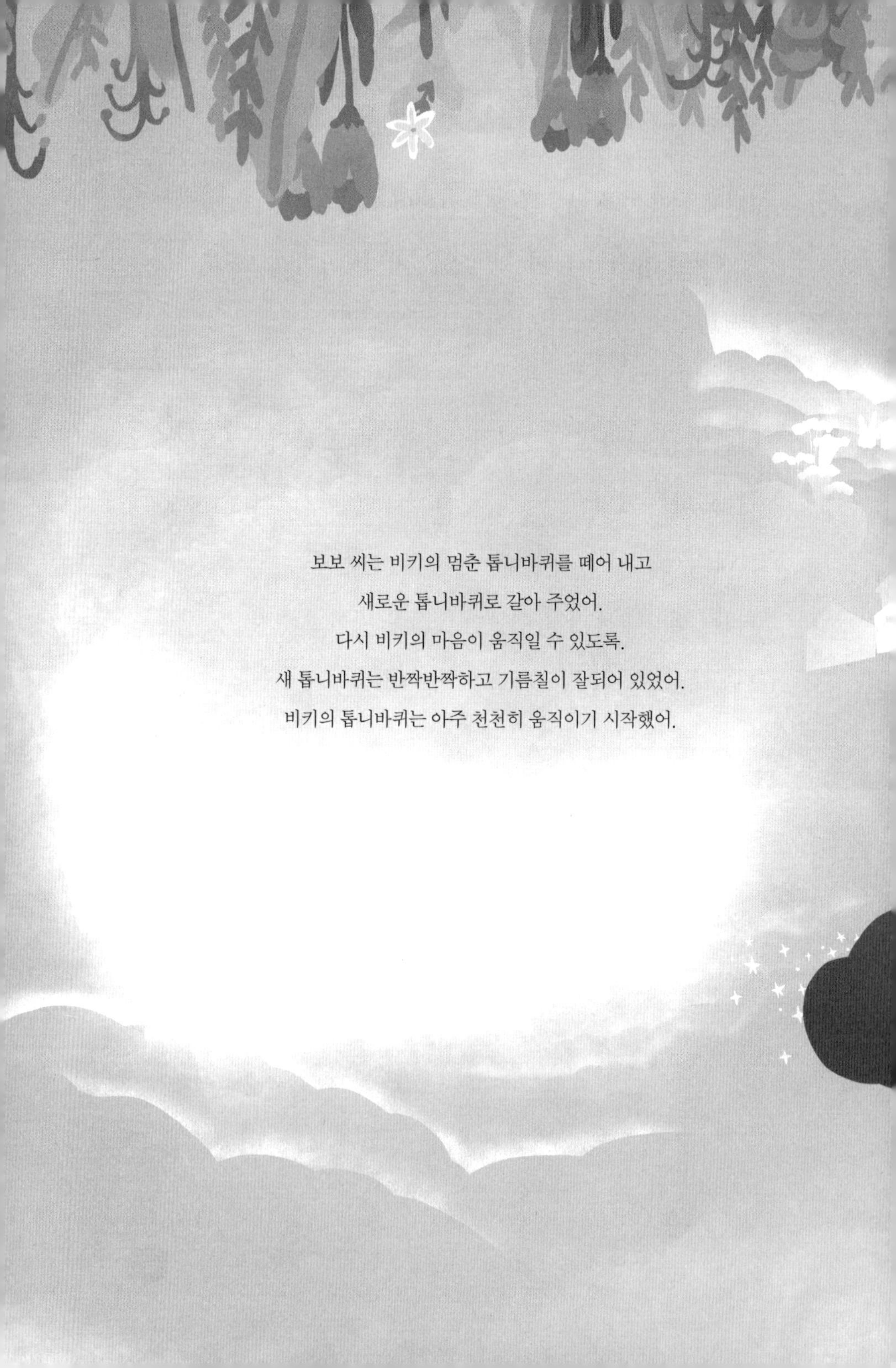

보보 씨는 비키의 멈춘 톱니바퀴를 떼어 내고
새로운 톱니바퀴로 갈아 주었어.
다시 비키의 마음이 움직일 수 있도록.
새 톱니바퀴는 반짝반짝하고 기름칠이 잘되어 있었어.
비키의 톱니바퀴는 아주 천천히 움직이기 시작했어.

3
외롭고 텅 빈 아이,
비키

"다녀왔습니다!"

"비키! 학교 잘 다녀왔니?"

비키네 엄마는 비키를 있는 힘껏 안아 주었어.

비키는 엄마가 구운 맛있고 따뜻한 쿠키를 먹으며 재잘댔어.

"엄마! 오늘 학교에서 고양이를 봤어요!"

"정말? 학교에서 고양이를 키우는 거야?"

"아니요! 길고양이가 학교에 들어온 거예요! 딱 마침 친구들이랑 놀이를 하고 있었는데!"

비키는 엄마랑 둘이 살아.

비키네 아빠는 돌아가셨거든.

그래도 비키는 아주 행복했어.

아빠가 가끔 생각나긴 했지만 그래도 항상 집에 오면 엄마가 있었고, 따뜻한 밥과 맛있는 간식을 해 주셨지.

그리고 잘 때가 되면 늘 비키 엄만 비키에게 책을 한 권씩 읽어 주셨어.

가끔씩은 할아버지와 할머니, 삼촌, 이모도 놀러 왔지.

비키네 고양이는 도도하지도 않고 애교 많은 귀여운 녀석이라 항상 비키 옆에 달라붙어 있어.

비키는 별로 쓸쓸하지 않았단다.

어느 날이었어.

비키네 엄마는 비키와 엄마가 사는 곳에서 멀리 떨어진 도시에 가야 할 일이 생겼어.

"비키! 엄마 다녀올게."

"응. 빨리 와!"

"그럼, 걱정하지 마. 빨리 올게! 비키가 좋아하는 맛있는 쿠키도 사 올게."

엄마는 햇살 같은 미소를 지으며 집을 나섰어.

하지만 비키는 그 이후로 엄마를 볼 수 없었어.

하늘에서 천사 같은 엄마를 데려갔거든.

비키는 믿을 수 없었어.

'항상 집에서 날 기다렸던 엄마를 이제 볼 수 없다니!'

비키는 하늘이 무너지는 것 같았어.

그리고 날마다 비가 내렸지.

날씨도, 비키의 마음속에서도.

"이럴 줄 알았으면 나도 엄마를 따라갈걸 그랬어!"

"내가 괜히 엄마한테 빨리 오라고 해서 이렇게 된 거야!"

비키는 엉엉 울었어.

"비키, 이제 할아버지, 할머니랑 같이 가자."

비키는 할아버지와 할머니 댁에서 살게 되었어.

할아버지 할머니는 좋은 분이시지만 불편했어.

집도 너무 낯설었지.

원래 집으로 돌아가고 싶었어.

비키는 집에서 데려온 고양이만 껴안을 뿐이었어.

비키는 힘없이 침대에 누웠어.

눈을 감으니 예쁜 엄마의 모습이 그려지는 것 같았어.

"엄마가 너무 보고 싶어! 이제 난 어떡하지?"

비키는 또 눈물이 났어.

비키는 침대에 누워 엄마의 모습을 잊지 않기 위해 자꾸만 떠올렸어.

그런데 베개 아래에 뭔가가 만져졌어.

당신을 구름마을 마음수리점으로 초대합니다.

"혹시 여기에 가면 엄마를 만날 수 있지 않을까? 하지만 어떻게 해야 갈 수 있는 걸까? 티켓이 있긴 하지만 어디서 뭘 타야 하는 건지 모르겠는걸……."

비키는 초대장과 티켓을 꼬옥 안고 구름마을에 갈 방법을 생각하다가 잠이 들었어.

비키는 눈을 비비며 일어났어.

온통 구름으로 뒤덮인 마을의 모습에 눈이 커졌어.

'난 분명 침대에서 자고 있었는데……? 이게 어떻게 된 일이지……?'

비키는 두리번거리며 마을을 살폈지.

아무리 생각해도 어떻게 이런 곳에 오게 됐는지 이해할 수가 없단 말이야.

'여긴 꿈속일까? 그게 아니라면 여기가 혹시 엄마가 있는 곳이 아닐까……?'

비키는 일어나 걷고 있자니 자기 맘대로 걸음이 옮겨졌어.

마치 갈 데가 있기라도 한 듯이 말이야.

비키는 처음 보는 가게의 문을 자기도 모르게 두드렸어.

그리고 문을 열었지.

"안녕, 얘야."

보보 씨는 기다렸다는 듯이 비키에게 먼저 인사를 건넸어.

비키는 겁이 났지만 고개를 까딱이며 인사했지.

"안, 안녕하세요."

"여기는 마음수리점이란다. 이리 와 앉으렴."

보보 씨는 비키가 놀라지 않게 친절하게 말했어.

비키는 일단 보보 씨의 말에 따르기로 했어.

보보 씨가 가리키는 자리에 가 앉았지.

비키는 조심스럽게 물었어.

"아저씨는 누구세요?"

"나는 마음수리점의 수리공이란다. 이름은 보보라고 하지."

"마음수리점이라고요? 어디서 많이 들어 본 것 같은데……."

비키는 눈을 깜빡이기만 했어.

"네 이름은 비키지?"

"어떻게 아셨어요?"

비키는 깜짝 놀랐어.

"아저씨는 네가 올 줄 알고 있었거든. 만나서 반갑구나. 여기는 무서운 곳은 아니니 두려워할 것은 없단다."

"그렇게 생각하지 않았는걸요……."

"아주 새롭고 이상한 곳에 왔는데 무섭지 않니?"

"음……."

"내가 비키 너에게 초대장을 보냈단다."

"아! 기억났어요! 제게 초대장을 보낸 사람이 아저씨군요! 그런데 왜 저에게 보내신 거죠?"

"비키 네 마음은 더 이상 움직이지 않기 때문이지."

"제 마음이요? 사실 그건……."

비키는 곧 풀이 죽었어.

하지만 곧 보보 씨에게 자기에게 있었던 일을 털어놓고 싶었지.

"사실요, 아저씨……, 얼마 전에 엄마가 하늘나라로 가셨거든요. 저는 지금 할아버지, 할머니와 살고 있어요. 할아버지, 할머니께서 잘해 주시지만……, 저는 엄마가 너무 보고 싶어요!"

비키는 울음을 터뜨렸어.

보보 씨는 비키에게 비스킷 조각을 건넸어.

"비키, 먹어 보렴. 마음이 한결 나아질 거야."

비키는 보보 씨에게 비스킷을 건네받았어.

"비키가 많이 힘들었구나."

"네……. 엄마와 같이 살던 때로 다시 돌아가고 싶어요! 전 날마다 엄마의 얼굴을 잊지 않으려고 노력해요. 그런데 이상한 건요. 저는 이렇게 슬프고 힘든데 할아버지, 할머니는 아무렇지 않아 보인다는 거예요……. 그래서 저는 할아버지, 할머니한테 이런 제 마음을 이야기할 수도 없어요……."

"비키, 네가 모르는 것이 하나 있단다. 하지만 네가 모르게 된 건 어른의 잘못이기도 하지. 한번 들어 볼래?"

비키는 엄마가 없는 하루하루를 보내기 힘들었어.

그렇지만 학교는 가야했지.

비키는 할아버지 할머니 댁 근처에 있는 학교로 전학을 가게 되었어.

"자, 이번에 새로 전학 온 친구, 비키라고 한단다."

선생님이 비키를 친구들에게 소개했어.

"비키, 네가 친구들에게 인사해 볼래?"

"……."

하지만 비키는 바닥만 쳐다보고 인사하지 않았어.

아직 마음의 정리가 되지 않았는데, 전에 있던 친구들에게도 제대로 인사하지도 못했는데 이렇게 새로운 학교에 오게 되다니!

어지러울 만큼 매일매일 사건이 터지는 것만 같았어.

"비키야?"

"……."

"선생님! 혹시 말을 못하는 친구예요?"

교실에 있던 한 명이 손을 들고 질문했어.

다른 애들도 수군거렸지.

"아니란다, 비키가 우리 교실이 처음이라 낯선 것 같구나. 이제 우리 반이니까 모두들 비키를 잘 도와주렴!"

쉬는 시간이 되자 아이들이 삼삼오오 비키 곁에 모여들

었어.

"너 어디서 왔어?"

"누구랑 살아?"

"집은 어디야?"

비키는 모든 친구들의 질문을 물리치고 교실 밖으로 나왔어.

그리고 벤치에 턱을 괴고 앉았어.

'그냥 어디 아무도 없는 곳으로 사라져 버렸으면 좋겠어!'

며칠째, 비키가 어떠한 반응도 보이지 않자, 아이들도 새 친구에 대한 호기심이 곧 사라져 버렸어.

질문도 순식간에 멈춰 버렸지.

활발했던 비키는 여기서 말이 없는 아이가 되어 버렸어.

늘 슬픈 얼굴을 하는 비키 곁에는 아무도 오려고 하지 않았어.

하지만 비키에게 그런 건 아무것도 중요하지 않았지.

비키는 엄마가 너무 보고 싶을 뿐이었어.

더 이상 엄마를 만날 수 없게 된 이후로 비키의 마음은 움직이지 않고 멈춰 버렸어.

그런데 비키에게 무엇보다도 가장 이해되지 않은 건 할아버지와 할머니의 모습이었어.

'이제 더 이상 엄마를 볼 수 없는데 할아버지랑, 할머니는 괜찮은 거야?'

비키는 너무나도 슬픈데 할아버지, 할머니는 아무렇지 않아 보였거든. 비키는 솔직히 아주 많이 할아버지와 할머니가 실망스럽고 원망스러웠지.

"비키! 밥 먹어야지!"

할아버지, 할머니와 밥상에 앉았지만 비키는 아무것도 먹고 싶지 않았어.

비키는 할아버지, 할머니를 바라보았어.

할아버지, 할머니는 텔레비전을 보며 웃고 떠들며 밥을 먹었지.

"내일 비키 삼촌이 온다더군!"

"잘됐군요. 어제 농장에서 수확한 채소들을 좀 나눠 줘야겠어요."

"매일 바빠서 밥은 먹고 다니는지, 정말 큰일이야!"

"비키? 왜 안 먹니? 입맛에 안 맞니?"

"골고루 먹어야 튼튼해지지."

"밥 다 먹으면 나가서 자전거라도 타고 오렴."

'엄마는 할아버지, 할머니의 딸이잖아! 그런데도 아무렇지 않은 거야? 할아버지, 할머니한테 실망이야!'

비키는 할아버지, 할머니의 모습을 보고 자신이라도 엄마를 잊지 않고 기억해야 한다고 생각했어.

"비키, 아저씨는 네 마음 이해해."

"……."

"하지만 계속 마음을 움직이지 않으면 안 돼. 비키네 엄마도 그걸 바라시지 않을 거야. 그렇지 않니?"

"그래도 저는 아무것도 하고 싶지 않아요……. 그냥 엄마가 계속 보고 싶어요……. 할머니 할아버지 모두가 엄마를 잊어버렸으니 저라도 우리 엄마를 잊지 않으려고 노력할 거예요."

"비키, 네가 그런 식으로 노력하는 것은 좋은 방법이 아냐. 또 비키네 가족 모두 비키 엄마를 그리워하고 있어."

"하지만 할아버지, 할머니 모두 아무렇지 않아 보여요! 엄마가 떠난 지 얼마 되지 않았는데 어떻게 밥이 넘어갈 수 있죠?"

"비키, 그렇지 않단다."

"하지만 할머니, 할아버지 모두 우리 엄마가 있었을 때처럼 똑같이 행동하고 있다고요!"

"과연 그럴까?"

보보 씨는 낡은 시계를 다시 똑딱거리며 말했어.

"아이들은 보지 못하는 어른들의 슬픔이 있지."

할아버지, 할머니는 비키가 학교에 가고 나면 농장에 가서 밭일을 했지.

할아버지, 할머니는 정말 아주 열심히 일했어.

무언가에 쫓기듯이 말이야.

"여보, 이제 갑시다. 오늘은 충분히 했어."

할아버지는 땀을 닦으며 할머니에게 말했어.

"그래요."

정말 진이 다 빠져 버리고 나서야 집으로 돌아갔지.

"여보, 그래도 너무 무리하지 말아요. 그러다가 몸 상하면 어쩌려구 이래."

할아버지가 말했어.

"하지만 이렇게라도 하지 않으면 견딜 수가 없어요……."

할머니의 말에 할아버지는 더 대꾸하지 못했어.

같은 마음이었거든.

"몸이라도 힘들어야 딸아이 생각을 덜할 수 있다고요……."

"그래도 남겨진 비키를 생각해야지. 우리가 마지막으로 남은 가족인데 비키가 어른이 될 때까지는 우리가 건강해야 한다고."

"아이고, 그 어린 것이 엄마 잃고 얼마나 힘들까……."

할머니는 눈물을 뚝뚝 흘렸어.

"그러니까 비키를 생각해서라도 잘 버텨야지. 당신, 비키 앞에서 괜히 눈물 보이지 말아요. 우리가 눈물을 보이면 어린것이 더 마음이 약해진다고."

"나도 노력하고 있어요……. 하지만 비키가 없을 때만이라도……."

눈물을 흘리는 할머니를 할아버지가 토닥여 주었어.

그리고 몰래 눈물을 훔쳤지.

"자, 이제 비키 올 시간 다 됐어."

얼마 안 있어 비키가 들어왔어.

"학교 다녀왔습니다……."

"그래, 비키! 학교는 재미있었니?"

"오늘은 뭐 하고 놀았어?"

할아버지와 할머니는 비키를 반갑게 맞이해 주었어.

"비키 이것 좀 먹어 보렴! 할아버지가 밭에서 방금 딴 채소란다!"

"맛있지? 다 먹고 친구네라도 좀 놀다 오렴! 개울도 아주 시원하니 물놀이해도 좋을 것 같구나!"

"아니면 같이 갈까? 허허."

"아니에요……. 괜찮아요……."

비키는 말없이 밥을 삼켰어.

할아버지와 할머니는 울상을 지으며 서로 눈빛을 교환했지만 그래도 애써 밝게 보이려고 노력했어.

하지만 밤이 되면 사람은 굉장히 감성적이게 되거든.

비키가 잠든 사이 할아버지, 할머니는 비키 엄마 사진이 담긴 액자를 끌어안고 눈물을 흘렸어.

"우리 아가, 엄마가 많이 사랑한단다."

"비키는 우리 집에 잘 있어……. 아이 걱정 말고 편히 있으렴."

비키는 처음으로 할아버지와 할머니 마음을 알게 됐어.

할아버지와 할머니는 비키만큼, 어쩌면 비키보다 더, 매일 슬퍼하고 엄마를 그리워하고 계셨던 걸지도 몰라.

그래도 비키 앞에서만큼은 티 내지 않으려고 노력했지.

"비키, 할아버지, 할머니도 비키만큼 엄마를 많이 그리워하고 계시는구나."

"저는 몰랐어요……."

"그리고 할아버지 할머니가 비키를 많이 사랑하시는 것 같고 말이야."

보보 씨는 비키를 그렇게 위로했어.

"비키, 앞으로 엄마를 만날 수는 없게 되겠지만 비키 엄마는 영원히 비키, 할아버지, 할머니 곁에 있을 거라고 생각해."

"그리고 비키가 우울하게 지내는 건 비키 엄마도 바라지 않을 거야. 그렇지 않니?"

비키는 가만히 고개를 끄덕였어.

"그런데 아저씨, 저는 이제 마음을 움직이는 방법도 까먹었어요. 어떻게 전처럼 지낼 수 있는지 모두 잊어버렸어요……."

"그건 이 아저씨가 도와줄 수 있지."

"정말요……?"

"그래. 네 멈춰 버린 마음의 톱니바퀴를 다시 움직이게 하는 것은 어렵지 않단다. 그리고 그것이 이 아저씨가 할 수 있는 일이지."

보보 씨는 비키의 멈춘 톱니바퀴를 떼어 내고 새로운 톱니바퀴로 갈아 주었어.

다시 비키의 마음이 움직일 수 있도록.

새 톱니바퀴는 반짝반짝하고 기름칠이 잘되어 있었어.

비키의 톱니바퀴는 아주 천천히 움직이기 시작했어.

"비키, 행운을 빌어."

"감사합니다, 아저씨!"

비키는 활짝 열린 마음수리점 출입구를 향해 달려갔어.

비키는 마치 꿈을 꾼 것 같았어.

정말 마음수리점이란 곳에 다녀왔던 걸까?

보보 아저씨를 만나고 온 걸까?

너무나도 생생했지.

어쩐지 몸도 마음도 가벼워진 것 같았어.

비키는 일어나 방에서 나왔어.

할아버지는 거실에서 돋보기안경을 끼고 신문을 읽고 계셨어.

할머니는 부엌에서 아침을 만들고 계셨지.

그런 할머니의 뒷모습을 보니까 비키는 왠지 할머니가 아침을 차리는 걸 도와드리고 싶어졌어.

비키는 엄마와 살 때 가끔 그랬거든.

"할머니! 제가 도와드릴게요!"

할머니는 놀란 표정을 지었어.

"괜찮아 비키. 할머니가 할게."

"도와드리고 싶어요! 엄마랑 살 때도 제가 가끔 도와드렸는걸요. 잘할 수 있어요!"

비키는 할머니가 나누어 놓은 반찬을 식탁에 가져다 놓았어.

할머니와 할아버지는 서로를 마주 보며 놀라면서도 기쁜 마음이었지.

비키는 할머니, 할아버지께 사실대로 자기 마음을 털어놓기로 결심했어.

"할머니, 할아버지. 그동안 제가 말도 잘 안 하고 속상하게 해드려서 죄송해요. 근데 사실은요, 저는 아직도 엄마가 너무 보고 싶어요……. 엄마 생각을 하면 계속 눈물이 나요……."

"비키! 그건 우리도 마찬가지란다!"

"하지만 이제 엄마를 만날 수 없잖아요……. 그리고 엄마도 제가 이렇게 지내는 걸 원하지 않을 거예요. 그치만요, 저는 엄마를 잊지 않기 위해 노력할 거예요. 그래서 할머니, 할아버지랑 엄마 생각도 하고 같이 엄마 얘기도 하고 싶어요……. 엄마랑 살던 곳도 다시 가 보고 싶어요……."

"우리 비키가 그렇게 생각하고 있었다니, 할아버지, 할머니가 너무 비키에 대해서 몰랐구나!"

"이 할아버지, 할머니는 네가 다시 즐겁게 지내길 바라는 마음에서 아무 말 하지 않았는데……. 할아버지, 할머니는 비키에게 너무 미안하고 고맙단다……."

"그리고 전에 다녔던 학교도 다시 가 보고 싶어요. 친구들한테 제대로 인사하지 못했거든요."

“그럼, 비키야! 할아버지, 할머니랑 같이 엄마랑 살던 집, 학교 다시 가 보자!”

“여보, 당장 내일이 좋겠어요! 비키가 이렇게 이야기하는데!”

비키는 할아버지, 할머니께 자신의 진짜 마음을 털어놓으니 마음이 한결 가벼워졌어.

“그럼 다녀오겠습니다!”

비키는 크게 인사하고 집에서 나왔어.

학교로 달려갔지.

“선생님 안녕하세요?”

“오, 그래, 비키! 안녕? 오늘은 기분이 좋아 보이는구나!”

전학을 오고 나서 비키가 먼저 선생님께 인사한 건 처음이었어.

그래서인지 선생님도 조금 당황했지만 기쁘게 인사에 답해 주셨어.

비키는 원래 활발한 성격의 아이였거든.

그래서 전처럼 친구들에게 먼저 다가갔지.

"얘들아! 같이 공기놀이 안 할래?"

"비키가 웬일이지?"

"그러게 말이야!"

친구들은 비키의 활발한 모습을 처음 보곤 이상하다고 생각했어.

그래도 비키는 친구들에게 계속 말을 걸었어.

"밖에 나가서 놀지 않을래?"

"음, 그럴까?"

"그래, 같이 놀자!"

비키는 세상에서 가장 행복한 웃음을 지어 보였지.

갑자기 밝아진 비키를 보고 있자니 친구들도 어쩐지 기분이 좋아졌어.

노력하는 비키의 모습에 보보 씨는 씩 웃었어.

"이번에도 수리가 아주 잘되었어."

"길리, 지금 네가 의심스러운 게 한두 개가 아냐."

"사실대로 말해 주면 좋겠어."

"맞아. 너 행복동이 아니라 은행동에 사는 거 아냐?"

"혹시 예니를 따라 하는 건 아니고?"

"또 있어. 코기가 너를 좋아한다는 소문도 진짜야?"

'얘들이 눈치챈 걸까?

길리는 친구들의 질문에 당황스러웠어.

4
거짓말만 하는 가짜 아이,
길리

오늘의 손님이 오기 전에 잠깐 보보 씨의 이야기를 해 볼까?

보보 씨가 일할 때를 제외하곤 가장 많이 가는 곳은 식료품점이야.

식료품점에서 맛있는 음식 재료를 살 때 가장 행복을 느끼지.

그래 봤자 보보 씨가 가장 많이 사는 건 베이컨이나 소시지, 달걀, 커피콩 정도지만 말이야.

보보 씨가 두 번째로 많이 가는 곳은 만물상점.

구름마을의 만물상점은 있을 건 다 있고 없는 것이 없는 그런 곳이야.

만물상점에는 신기한 물건, 평범한 물건 모두 있단다.

신기한 물건은 구름마을 사람들만이 사용할 수 있는 신기한 능력을 가진 물건들이지.

평범한 물건은 신기한 능력이 없는 인간 세상의 물건들인데, 이 만물상점에서 인기 있는 물건들은 대부분 평범한 물건들이야.

구름마을 사람들은 아무 능력도 없는 평범한 물건을 더 신기하고 재미있어 했어.

어쨌거나 만물상점은 보보 씨뿐만 아니라 구름마을 사람들 모두 좋아하는 그런 가게야.

그래서인지 만물상점에는 낮에도 밤에도 항상 손님이 많았어.

보보 씨는 손님을 맞이하기 전에 조금 여유가 생겼어.

그래서 식료품점에 들렀다가 만물상점에 갔지.

"보보 씨! 오랜만이네요!"

만물상점의 주인 클라라가 보보 씨를 반겼어.

"오랜만이네."

"그동안 바쁘셨나 보죠?"

"요즘 통 정신이 없었다네."

"마침 잘됐어요. 이번에 새로 들어온 물건들이 많으니 구경하고 가세요."

"고맙네."

보보 씨는 물건들을 구경했어.

오늘도 만물상점에는 사람들이 아주 많았지.

그중에 한 무리가 눈에 띄었어.

"아주 소란스럽군."

보보 씨는 중얼거렸어.

"바트 씨가 왔거든요."

보보 씨의 말에 건너편 신기한 제과점 주인인 푸바가 대답해 주었어.

"아무튼 바트 씨가 오면 주변이 아주 시끌시끌해진다니까요! 입만 열면 거짓말인데 사람들은 왜 저렇게 속는 건지!"

"허허, 오늘은 또 무슨 이야기인가?"

"본인이 인간 세상에 출장 간 이야기요. 20년도 더 된 이야기를! 저 양반이 정말 인간 세상에 가 본 적이 있긴 한 건지도 의심스럽지만요. 글쎄 오늘은 인간들이 네모 모양 물건만 보면 환장한다나요? 웃기지도 않아요!"

"네모 모양 물건이라……."

"인간 세상에는 크기가 다양한 네모 모양의 물건이 있는데, 인간들은 그 조그만 네모 모양 물건을 몇 시간씩 보면서 앉아 있대요. 네모가 뭐 볼 게 있다고 참!"

"뭐, 아주 틀린 말은 아닌 것 같네만."

"아무튼, 이젠 멀리서 보는 것만으로도 아주 불쾌해요!"

"그래도 오늘만큼은 바트가 나에게 은인이군."

"예? 그게 무슨 말인가요?"

"바트와 비슷한 손님이 오거든. 손님이 생각났으니 물건 고르기는 그만두고 나는 이만 가 봐야겠네."

보보 씨는 푸바, 클라라에게 인사를 하고 만물상점을 나왔어.

길리는 욕심이 많은 아이야.

그래서일까? 길리는 질투심도 많았어.

무엇이든 갖고 싶어 했지.

그런 길리가 제일 부러워하는 애는 같은 반 예니였어.

길리는 예니를 항상 관찰했어.

그러다 보니 길리는 예니가 습관처럼 자주하는 행동을 몰래 따라해 보기도 하고, 예니의 말투도 따라 했어.

근데 사실 길리가 보기에 예니는 키도 조그맣고 얼굴도 까무잡잡하고 예쁘지도 않은 애거든?

하지만 이상하게 반 애들은 예니를 좋아했어.

예니가 별다른 행동을 하지 않아도 말이야.

선생님도 예니에게 귀엽다고 자주 말씀하시고 '예니라면 맡길 수 있다'며 예니에게 중요한 역할을 맡기시는 거야.

그리고 예니는 항상 조용한데 늘 애들이 주변에 있었어.

반면 길리는 예니보다 키도 크고 좀 예뻤어.

주변에 관심이 많고 여기저기 안 가는 곳이 없었지.

근데 노력하는 것에 비해 예니보다 주변 친구들의 주목을 덜 받는 것같이 느껴지는 거야.

좀 불공평한 것 같기도 해.

누구나 주목받기를 좋아하는 것은 아니지만 길리는 그런 걸 좋아하는 애니까 자연스럽게 그렇게 생각할 수밖에 없었지.

그리고 그런 생각이 드니까 길리는 예니가 점점 싫어졌어.

그날은 길리에게 아주 끔찍한 날이었어.

모두에게 망신을 당한 날이니까.

정말 할 수만 있다면 시간을 되돌리고 싶은 기분이었지.

길리는 침대에 누웠지만 잠이 오지 않았어.

또 내일이면 학교에 가야 하니까 말이야.

아파서 학교에 못 간다고 말할까?

혹시 학교에 가지 않으면 아이들이 더 의심하지 않을까?

길리는 내일 학교 갈 걱정에 잠이 오지 않아 옆으로 돌아

눕는데, 뭔가 종이 같은 게 만져졌어.

길리는 봉투를 뜯고 초대장을 읽어 보았어.

당신을 구름마을 마음수리점으로 초대합니다.

"혹시 여기에 가면 시간을 되돌릴 수 있지 않을까?"

"근데 어떻게 이곳에 갈 수 있지?"

길리는 마음수리점에 대해 생각하며 잠자리에 들었어.

"으앗!"

길리는 악몽에서 벗어나려는 듯 소리를 지르며 일어났어.

길리는 평화로운 구름마을 광장 한가운데에 있었어.

길리는 몸을 일으키고는 두리번거렸지.

"악몽치고는 너무 멋진 곳인데……."

길리 역시 다른 꼬마 손님들처럼 구름마을을 둘러보았어.

그리고 어떤 한 가게를 발견했어.

어떤 걸 파는 가게인지도 모르는데 그냥 들어가고 싶다는 생각이 든 거야.

길리는 문을 두드렸어.

"똑똑"

보보 씨는 손님이란 걸 알아챘어.

문을 열어 주었지.

"안녕, 얘야?"

"저, 길을 잃었는데요."

길리는 눈치를 살피며 보보 씨의 가게 안으로 들어갔어.

"그래, 그런 것 같구나. 일단 이리 와 앉으렴. 나는 보보라고 한단다."

"저는 길리예요."

"그래, 길리. 길을 잃었다고 했는데, 어디를 찾고 있지?"

"제가 분명 집에서 자고 있었던 것 같거든요……. 그런데 일어나니까 여기 이 마을 길 한복판에 누워 있지 뭐예요!"

"네 집이 어딘데?"

길리는 잠시 생각해 보고는 대답했어.

"음……, 그러니까……, 저희 집은 행복동 77번지예요. 아파트인데 15층에 살죠. 아빠가 걱정하실 텐데 큰일이네요."

길리는 난처한 표정을 지으며 말했어.

또 자기도 모르게 '거짓말'을 해 버렸어.

이번에도 아주 잘했지.

처음 보는 사람에게 왜 거짓말을 한 거지?

길리 자신도 잘 모르겠어.

그냥 자기도 모르게 나와 버린 거야.

하지만 길리의 말에 보보 씨는 눈썹을 꿈틀거렸어.

보보 씨는 다 알고 있거든.

"그 주소는 네 같은 반 친구인 예니의 집 주소인 것 같구나."

"앗, 아저씨가 어떻게 예니를 알죠?"

길리는 놀라서 입을 다물지 못했어.

"길리, 여기선 비밀이 없단다. 솔직해야 하지. 난 길리 너를 기다리고 있었단다."

"저를 아세요?"

"그래, 여긴 마음수리점이란다. 마음을 수리하는 곳이지.

그리고 나는 마음수리공이고."

보보 씨는 이어서 말했어.

"오늘은 네가 마음수리점에 초대받은 손님이란다."

"제가요?"

길리는 놀라며 큰 소리로 말했어.

"너에게도 마음수리가 필요한 것 같아서 말이야."

오늘은 시험이 있는 날.

왜 중요하냐면, 선생님께서 채점한 시험지를 나눠 주고 부모님께 사인도 받아야 하는 뭐 그런 시험이었거든.

길리는 열심히 풀기는 했는데, 좀 자신이 없었어.

원래 길리는 공부에 별로 흥미가 없는 데다 제일 자신 없는 수학 시험이었거든.

시험이 끝나고 애들은 삼삼오오 모이면서 시험에 대해 이야기했어.

길리도 거기에 껴서 같이 재잘거렸어.

"이번에 너무 어려웠어!"

같은 반 친구인 모모가 투덜거렸어.

"맞아! 이번엔 망친 것 같아"

"난 엄마한테 혼날 것 같아."

모모의 말에 모여 있던 애들도 푸념을 늘어놨어.

모모는 예니에게도 큰 소리로 물었어.

"예니야 너는 어때? 이번에 어려웠지? 잘 봤어?"

"응. 이번엔 진짜 어려웠어."

"그래도 예니는 다 풀었지?"

"음……, 다 풀기는 했는데 맞았을지는 모르겠어."

"길리는? 길리는 어땠어?"

"음, 나도 다 풀었어."

"정말? 다 푼 것도 대단한데?"

사실 거짓말이었어.

길리는 손도 대지 못한 문제들이 가득했거든.

근데 예니가 그렇게 말하니까 뭔가 지고 싶지 않은 거 있지?

'다 풀었다고 했지, 다 맞았다곤 안 했으니 뭐, 괜찮겠지.

나중에 풀었는데 틀렸다고 하면 되잖아?'

며칠 후, 선생님께서 시험지를 나누어 주셨어.

길리의 결과는?

아주 참담했지.

열심히 노력하지 않은 자에겐 운도 따라 주지 않았어.

길리는 짜증이 가득한 채로 얼른 시험지를 구겨서 가방 저 깊숙이 집어넣어 버렸어.

그런데 갑자기 아이들이 소리쳤어.

"우와! 예니 100점이야!"

"이번에 어렵지 않았어?"

"대단하다!"

"다 풀었다더니 100점 맞았네!"

"아냐, 그냥 운이 좋았어."

예니는 애들의 반응에 멋쩍은 듯이 미소 지으면서 담담하게 말했어.

그리고 반응이 차차 잦아들 때쯤 모모가 말했어.

"맞다! 길리도 다 풀었다고 하지 않았어? 길리도 혹시

100점 맞은 거 아냐?"

모모는 길리에게 물었어.

'뭐라고 말하지?'

하지만 길리는 이미 자기도 모르게 입이 움직이고 있었어.

"이번에 실수는 안 한 것 같아."

"와, 그럼 100점이야? 우리 반에 100점이 두 명이나 있어!"

"마지막 문제를 푼 거야? 그게 제일 어렵던데! 답이 몇 번이야?"

얘들의 질문에 길리는 당황했어.

답까지 물어볼 줄 몰랐거든.

"4, 4번."

길리는 3번이라고 찍었다가 틀렸거든.

그래서 3번 빼고 아무 번호나 찍어서 말했어.

"진짜? 답이 4번이었어?"

얘들은 자연스럽게 예니 쪽으로 고개를 돌렸어.

얘들의 시선에 예니는 자기 시험지를 보며 대답했어.

"맞아! 4번이야."

"우와!"

애들은 탄성을 내질렀어.

'진짜 시험에나 맞을 것이지 왜 지금 맞고 난리람.'

길리는 당황스럽긴 했지만 어떻게 하다 보니 진짜 정답을 말해 버려서 애들이 모두 길리의 점수를 믿는 눈치였어.

보보 씨는 길리를 향해 눈썹을 올리며 물었어.

"길리, 왜 시험 점수를 다르게 말했니?"

"애들이 자꾸 물어봐서요……, 그냥……."

"길리, 그건 적절한 대답이 아닌걸. 그럼 같은 반 친구들 때문에 그렇게 대답했다는 거니?"

길리는 조금 기가 죽으며 말했어.

"아뇨……, 그게 아니라……, 친구들이 물어보는 모양새가 꼭, 저에게 뭔가를 기대하는 것처럼 들렸어요……. 그래서 저도 모르게 그렇게 대답해 버렸어요. 친구들의 기대를 망치기 싫어서요."

보보 씨가 여전히 눈썹을 올리며 길리를 보고 있었어.

‘어서 사실대로 말해.’라고 하는 것처럼 말이야.

“그리고 예니에게 지기 싫었어요.”

“예니는 너를 경쟁 상대로 보고 있지 않은 것 같던데.”

“그건 아무래도 상관없어요.”

길리는 조금 토라지며 말했어.

“솔직히 말하면 저는 예니가 별로예요.”

“왜 그렇지?”

“예니는 별 노력도 안 하고 친구들의 관심을 받잖아요. 그건 좀 불공평하다고 생각해요.”

“예니를 질투하는구나.”

“제가 볼품없는 애를 왜 질투해요?”

길리는 흥분하며 말했어.

“길리, 질투는 자연스러운 감정이야. 사람이라면 누구나 가질 수 있는 감정이지. 내가 갖고 있지 않은 걸 누군가가 가지고 있다면 부러워할 수 있는 거란다. 나쁜 것이 아니니 부정할 필요는 없어. 네 감정은 네 것이야. 네가 네 감정을 느낄 자유가 있지. 하지만 말이다. 길리 네가 그걸 잘 다루지 못한다면 큰일이 생길 수 있지. 한번 볼까?"

길리는 그날 이후로 반 아이들 사이에서 수학을 잘하는 애가 되었어.

또 길리는 그날 이후로 이상하게 수학 시간만 되면 긴장이 되고 배가 아팠어.

또 길리에게 수학이 제일 끔찍한 과목이 되었지.

하지만 조금 좋은 점이 한 가지는 있었어.

코기가 길리에 대해 좀 좋게 생각하는 거 같았거든.

코기는 길리네 반에서 가장 인기가 많은 애야.

공부도 잘하고 운동도 잘하고 친절하지.

뭐, 길리가 코기를 좋아하는 건 아니고 조금 마음에 드는 정도?

아무튼 그런 코기가 저번에 자기도 어려워했던 수학 시험을 길리가 100점 맞았다고 했을 때 엄청 놀랐거든.

그때 코기는 이렇게 말했어.

"우와, 예니랑 길리는 어떻게 100점을 맞았지?"

그래도 마냥 좋은 것만은 아니었어.

이상하게 수학 시간만 되면 선생님이 질문할 때 애들이 예니랑 길리가 대답하기를 기다리는 것 같았거든.

모두 예니와 길리라면 선생님의 저 질문에 대답할 수 있지 않을까 하고 생각하는 듯했어.

하여튼 길리에겐 부담스러웠지.

다행히도 예니가 작지만 또렷한 목소리로 대답을 해서 길리는 대답할 필요가 없었어.

길리는 처음으로 예니가 조금 고마웠어.

원래 예니를 싫어했으니까 자존심이 상하는 건 맞으니 조금만 고마운 거였지.

짝을 바꾸는 날, 길리는 코기랑 짝이 됐어.

길리는 기분이 좋아졌어.

코기를 좋아하는 건 아니지만 그래도 좀 괜찮은 애가 짝이 됐으니까 좀 낫다 싶었어.

코기가 먼저 아는 척을 했어.

"안녕?"

"안녕."

길리는 새침하게 대답했어.

코기는 어색한 걸 못 참는 성격이야.

아무 말도 안 하면 이상한 기분이 들지.

코기는 어색한 게 싫어서 길리에게 이것저것 물어보며 말을 붙였어.

"근데 저번에 어떻게 수학 시험에서 100점을 맞은 거야? 난 진짜 어렵던데."

길리는 속으로 당황했지만 아무렇지 않은 척 대답했어.

"그냥 풀었어."

"우와."

코기는 대단하다는 듯이 탄성을 내질렀어.

길리는 기분이 좋기도 하고 불편하기도 하고 그랬지.

점심시간이 되자, 반 여자애들이 모여서 재잘댔어.

길리도 은근슬쩍 끼었지.

"길리는 좋겠다! 코기랑 짝이잖아."

"맞아. 우리 반 남자애들 중에선 코기가 제일 나아."

"나는 진이랑 짝이거든? 진짜 짜증 나 죽겠어. 맨날 옆에서 까불거린다니까? 한 대 콕 쥐어박고 싶어."

"나도 다행이라는 생각이 들어. 말이 좀 통하거든."

길리는 어깨를 으쓱이며 대답했어.

"혹시 코기가 길리 좋아하나?"

"저번에도 길리가 100점 맞았다고 했을 때 엄청 놀라던 눈치였어."

"그리고 이것저것 물어보는 것 같던데 아까."

"길리가 말도 잘 통한다고 했고."

"와, 정말인가 봐!"

"그런가?"

길리는 조금 즐거웠어.

친구들에게 주목받는 느낌도 들고 말이야.

아이들도 어깨를 으쓱이는 길리의 반응을 보니 코기가 정말 길리를 좋아하는 것 같다는 생각이 들었어.

아이들도 코기라면 꽤 마음에 들어 했는데, 길리는 수학도 잘하고 얼굴도 예쁘니 정말 그럴 수 있겠다는 생각을 하기도 했어.

무엇보다도 길리가 아니라고 이야기하지 않으니까.

곧 여자애들 사이에서는 코기가 길리를 좋아한다는 소문이 공공연하게 돌기 시작했어.

"길리, 코기가 너를 좋아한다는 거 진짜야?"

"맞아! 우리 반 여자애들은 거의 다 알고 있던걸."

"그런가?"

길리는 여자애들이 물어볼 때마다 주목받는 걸 즐겼어.

그리고 기분이 좋았지.

코기가 정말 자신을 좋아하는지, 좋아하지 않는지 상관없이 말이야.

시간이 흐르다 보니 길리는 점점 정말 자신이 수학을 잘하는 애처럼 느껴졌고 코기도 자신을 좋아하는 것 같은 기분이 들었어.

한편, 길리는 여전히 예니를 별로 좋아하지 않았어.

길리에게 예니는 눈엣가시 같았지.

예니는 길리보다 공부를 잘했고 집도 잘사는 것처럼 보였어.

한번은 애들이 예니네 집을 궁금해해서 어쩌다 길리도 따라갔거든?

길리는 가기 싫었지만 조금 궁금하긴 해서 같이 갔어.

집도 깨끗하고 잘 정돈이 되어 있으며 무척 좋아 보였어.

"우와! 예니네 집 진짜 좋다!"

"이건 뭐야?"

"얘들아, 엄마가 간식 먹으래."

예니는 맛있는 딸기케이크와 오렌지주스를 가져왔어.

케이크 위에, 그리고 케이크 속에 딸기가 아주 가득 들어있는 게 너무 맛있게 보였어.

예니의 방에 들어갔는데, 이번에도 애들은 탄성을 질렀어.

예니의 방에는 예니가 탄 상이 가득했거든.

"우와! 예니 상 진짜 많이 받았다!"

"언제 이렇게 받은 거야?"

"별거 아냐. 얼른 먹자!"

하지만 길리는 친구들이 호들갑 떤다고 생각했지.

'뭐 그게 그리 대단하다고?'

그리고 당연하다는 듯한 예니의 반응도 길리는 별로 마음에 들지 않았어.

잘난 척하는 것 같이 보였거든.

그런 생각이 드니까, 갈수록 길리는 점점 그런 예니를 이기고 싶다는 마음이 들었어.

그리고 예니가 가지고 있는 것보다 더 좋은 걸 가지고 싶었지.

그러다 보니 길리는 어느새 예니를 조금씩 따라 하기 시작했어.

예를 들면 친구들이 어디 사냐고 물으면 예니가 사는 행복동에 산다고 한다든지, 예니 물건들 중 마음에 드는 게 있으면 똑같은 걸 사거나 더 좋은 걸 샀어.

길리가 예니를 따라 하느라 들인 노력은 보이지 않았지만 엄청났지.

집에 갈 때, 일부러 행복동 쪽으로 가다가 중간에 다시 나

오기도 했고, 예니가 가지고 있는 물건과 비슷한 물건을 찾느라 무척 애를 썼어.

애들은 그걸 보며 이렇게 말했지.

"공부 잘하는 애들은 좋아하는 것도 비슷한가 봐!"

그럴 때마다 길리는 어깨가 으쓱했어.

또 시험 날이 다가오기 시작했어.

길리는 덜컥 겁이 났어.

'이번 시험을 잘 보지 못하면 큰일 날 거야!'

길리는 그제야 평소에 펴지도 않았던 수학책을 꺼내서 풀기 시작했어.

하지만 도통 이해할 수가 없었지.

길리는 절망적이었어.

드디어 시험 날, 길리는 시험지를 받아 든 순간 머리가 새하얘졌어.

진짜 무슨 말인지 모르겠거든.

결국 길리는 문제를 별로 풀지 못하고 시험지를 제출해야

했어.

“이번 시험은 저번보다 나은 것 같아!”

“예니, 이번 시험 어땠어?”

“나도 그렇게 생각해.”

“역시! 길리도 괜찮았지?”

“응? 응, 그렇지.”

길리는 속으로 정말 끔찍한 상황이라고 생각했어.

그리고 뭔가 거짓말이 점점 커져 버린 느낌이 들어서 불안했지.

며칠 후, 선생님께서 시험지를 나누어 주셨어.

길리는 시험지를 받아서 결과를 확인해 보지도 않고 바로 가방 깊숙이 집어넣었어.

안 봐도 알 것 같았거든.

“길리! 시험 잘 봤니?”

애들은 길리에게 물었지.

“앗 잠깐만, 나 갑자기 배가 아파서!”

길리는 배가 아픈 척하며 얼른 교실을 빠져나왔어.

그리고 화장실로 갔지.

"윽, 분명 교실 가면 애들이 시험 답이 뭐냐고 물어볼 텐데! 어떡하지? 일단 오늘은 피하는 게 좋겠어……."

길리는 교실로 가서 다른 애들이 말을 걸기 전에 얼른 선생님을 찾았어.

"선생님! 저 배가 너무 아파서 보건실에서 좀 쉬어야 할 것 같아요!"

"그래? 길리, 땀이 많이 나는구나. 얼른 갔다 오렴."

선생님은 조금 당황스러웠지만 길리를 보내 주셨어.

길리는 꾀병을 부리며 보건실에 누웠지.

'이제 어떡하지? 다음 시간에는 교실에 들어가야 할 텐데!'

길리는 보건실에 누워 있다가, 최대한 아픈 척을 하며 교실에 들어갔어.

배를 움켜쥐었지.

"길리! 괜찮아?"

“선생님께 들었어. 많이 아파?”

“보건실 다녀온거야?”

“으, 응. 괜찮긴 한데 여전히 좀 아프네.”

길리는 천천히 자리에 가 앉았어.

반 애들은 길리에게 시험에 대해 묻지 않았어.

한 시간 정도 지나니 시험에 대한 관심이 누그러진 듯했어.

하지만 안도는 잠시, 모모가 길리에게로 왔어.

“길리, 근데 아까 선생님께서 좀 이상했어.”

“뭐가?”

“우리가 ‘이번에도 예니랑 길리만 100점인가?’라고 했더니 선생님께서 ‘그게 무슨 소리니? 저번에 100점은 예니뿐이었단다.’라고 하셨어.”

“그, 그래?”

“선생님께서 착각하신 거야?”

“그, 그런 거 아닐까? 왜 그러셨지?”

길리는 마음이 몹시 불안했어.

‘시험지에다가 엄마 사인을 받고 다시 선생님께 드리기

전까지는 조심해야 해! 아니면 지금이라도 애들에게 말할까? 사실은 100점이 아니었다고. 수학은 너무나도 끔찍한 과목이라고 말이야.'

하지만 길리는 거짓말쟁이라며 친구들이 험담할까 봐 걱정스러웠고, 그게 더 두려웠어.

'그렇게 되면 예니는? 예니도 속으로는 쌤통이라고 생각하지 않을까? 코기는?'

코기가 실망하는 모습도 보고 싶지 않았어.

길리의 머릿속은 점점 복잡해져 갔지.

"자, 시험지 가져온 사람은 각자 따로 선생님에게 내도록 해라!"

"길리! 시험지 제출 안 해?"

"으, 응? 나는 이따 내려고."

길리는 모든 애들이 시험지를 선생님 자리에 제출한 걸 확인한 후, 시험지와 시험지 사이에 자신의 시험지를 슬쩍 끼워 놓았어.

'이제 마무리된 걸까? 애들도 더 이상 물어보지 않겠지?'

길리에겐 정말 끔찍했던 일주일이었어.

하지만 거짓말은 결국 오래가지 않았지.

"선생님! 늦어서 죄송해요."

모모가 가장 늦게 시험지를 냈어.

"그래, 다음부턴 늦지 않도록 해라."

선생님이 모모의 시험지를 받고 시험지들을 묶어 놓을 때 손이 미끄러웠는지 걷은 시험지들이 모두 바닥으로 떨어졌어.

모모는 선생님을 도와드리기 위해 같이 시험지를 주웠어.

그 때, 모모의 눈에 띈 것은 길리의 시험지였어.

"앗! 이게 뭐지?"

"어허, 맘대로 친구들의 시험지를 보면 안 돼. 도와주지 않아도 괜찮으니 나가렴."

"앗, 네. 선생님 그런데요, 이거 길리 시험지가 맞나요? 길리는 시험을 잘 본 줄 알았는데……."

"그게 무슨 소리니? 선생님이 채점을 잘못하기라도 했다는 거니?"

"앗, 아네요. 가 보겠습니다!"

모모에겐 정말 놀라운 사실이었어.

모모는 친구들에게 말했어.

길리의 시험 점수가 이상한 것 같다고 말이야.

"혹시 저번 시험도 거짓말 친 거 아냐?"

"맞아, 좀 이상하긴 해."

"저번 시험 때, 선생님께서 예니만 100점이라고 하셨단 말이지."

"가만 보면 이상한 구석이 한두 개가 아냐."

"그게 무슨 말이야?"

"저번에 행복동에 산다고 했잖아. 근데 난 행복동에서 길리를 본 적이 없어. 나도 행복동에 살거든."

"맞아. 오히려 행복동이 아니라 은행동에서 길리를 봤다는 애가 있어."

"사는 곳도 거짓말인 것 같지 않아?"

"그러고 보면 길리가 예니를 좀 따라 하는 것 같아."

"설마……."

"그렇다면 난 정말 실망인걸!"

"우리끼리 이럴 게 아니라 길리한테 가서 물어보자! 사실을 확인해야지!"

모모를 비롯한 애들은 쉬는 시간에 길리한테 가서 물었어.

"길리, 너 이번에 시험 몇 점 맞았다고 했지?"

"저번에랑 비슷해."

'이제 끝난 줄 알았는데!'

길리는 아무것도 모른 채 모모와 같은 반 애들에게 대충 얼버무리려 했어.

"정말?"

"으, 응."

"그래? 그런데 내가 우연히 네 이번 시험지를 봤는데, 네가 말한 것과 다른 것 같던데?"

"그래, 모모가 봤대. 그럼 네 말은 저번 시험도 100점이 아니라는 거야?"

"아, 아냐! 이번에는 사실 실수를 많이 했어. 컨디션도 안 좋았고, 그래서……."

"길리, 지금 네가 의심스러운 게 한두 개가 아냐."

"사실대로 말해 주면 좋겠어."

"맞아. 너 행복동이 아니라 은행동에 사는 거 아냐?"

"혹시 예니를 따라 하는 건 아니고?"

"또 있어. 코기가 너를 좋아한다는 소문도 진짜야?"

'애들이 눈치챈 걸까?'

길리는 친구들의 질문에 당황스러웠어.

'이제라도 사실대로 말해야 할까? 친구들은 어디까지 알고 있는 걸까?'

"그게 무슨 소리야?"

엎친 데 덮친 격으로 마침 코기가 왔어.

정말 최악의 상황이 된 거야!

"네가 길리를 좋아한다는 말이 돌고 있어."

"그래, 그건 코기 네가 대답해 봐. 진짜야?"

"나는 처음 들어 보는 말이야. 대체 누가 그런 헛소문을 낸 거야?"

코기는 이해할 수 없다는 듯한 표정을 지었어.

길리는 그만 울고 싶었어.

“길리, 네 거짓말이 오해를 만들었구나. 친구들에게 사과하는 건 어떠니?”

“하지만……, 사과하는 건 제가 거짓말했다는 걸 인정하는 거잖아요. 그렇게 되면 저에게 남는 건 결국 거짓말쟁이라는 별명일 거라고요…….”

“길리, 변화는 인정에서부터 시작하는 거란다. 네가 앞으로 솔직해지려고 노력한다면 조금씩 달라질 수 있을 거야. 친구들도 너를 있는 그대로 인정해 줄 거야.”

“하지만 애들은 이제 더 이상 제 말을 믿으려고 하지 않을 거예요…….”

“네가 끊임없이 노력한다면 친구들도 네 진심을 믿어 줄 거야. 아저씨가 도와주마.”

“정말요?”

“그래. 질투나 부러움, 화 같은 감정은 자연스러운 거야. 존중받아야 하는 감정이지. 그렇다고 해서 그 감정 때문에 잘못된 행동까지 존중받을 수 없단다. 하지만 누구나 실수할 수 있단다. 실수를 통해서 우리는 더 많은 걸 배울 수 있어. 그리고 노력하면 달라질 수 있지. 아저씨는 거짓말로 꾸며 낸 길리보다 앞으로 진짜 멋진 길리가 되길 바란단다."

길리는 고갤 끄덕였어.

보보 씨는 길리의 감정이 바로 잘못된 행동으로 이어지지 않도록 톱니바퀴가 돌아가는 속도를 늦춰 주었어.

길리가 거짓말을 하기 전에 잠시 생각해 볼 수 있도록 말이야.

길리는 눈을 떴어.

진짜 자기 침대에 누워 있었지.

아침이 밝아오자 길리는 조금 두려워졌어.

어제는 도망치듯 학교를 나왔는데, 다시 학교를 갈 생각을 하니까 겁이 나는 거야.

'그냥 아무 일도 없었던 것처럼 지낼까? 아니면 미안하다고 사과하는 게 좋을까?'

길리는 결심한 듯 침대 밖으로 뛰쳐나왔어.

길리가 교실에 들어오자, 애들은 길리를 힐끗 쳐다보았어.

애들이 길리에게 먼저 말을 걸 확률은 낮은 것 같았지.

길리는 싸늘한 분위기가 너무 무섭고 두려웠지만 모모와 친구들에게 다가갔어.

길리는 처음으로 '용기'란 걸 내본 것 같아.

"애들아, 잠깐 이야기 좀 할 수 있어?"

그리고 솔직하게 얘기했어.

"그동안 거짓말해서 정말 미안했어……. 시험 점수랑 사는 곳, 코기에 대한 것 모두 거짓말이야. 내가 잠깐 정신이 나갔나 봐. 너희들에게 잘 보이고 싶어서 그랬던 것 같아……."

"네가 그렇게까지 말한다면……. 하지만 다음부터는 조심해 줬으면 좋겠어."

친구들은 아직 길리를 믿지 못하는 듯했지.

길리가 아무리 마음수리점에 다녀왔다고 해도 이미 자신이 했던 거짓말을 다시 주워 담을 수 없으니까 말이야.

바로 그 때, 예니가 말했어.

"누구나 그럴 수 있다고 생각해! 나도 그런 적 있거든."

예니의 말에 모두가 예니를 놀란 듯이 바라보았어.

예니가 그런 말을 할 줄은 몰랐거든.

예니도 그런 적이 있다고?

친구들이 모두 자기를 바라보니까 예니도 멋쩍은 듯이 웃음을 지으며 고개를 으쓱였어.

"왜, 다들 그런 적 있지 않아? 나는 우유 먹기 싫어서 화장실에 우유를 버리고 다 먹은 척한 적도 있는걸?"

길리는 예니가 고마웠어.

진심으로 말이야.

예니는 길리에게 살짝 웃어 주었어.

길리는 친구들과 다시 믿음을 쌓기 위해 노력할 거야.

그리고 예니와는 다른 자기만의 매력을 찾을 수 있을 거야.

길리는 예니 같은 애랑 친구가 될 수 있어서 처음으로, 진심으로 기쁘게 생각하게 되었어.

길리의 모습을 보고 보보 씨는 씩 웃었어.

"이번에도 수리가 아주 잘되었어."

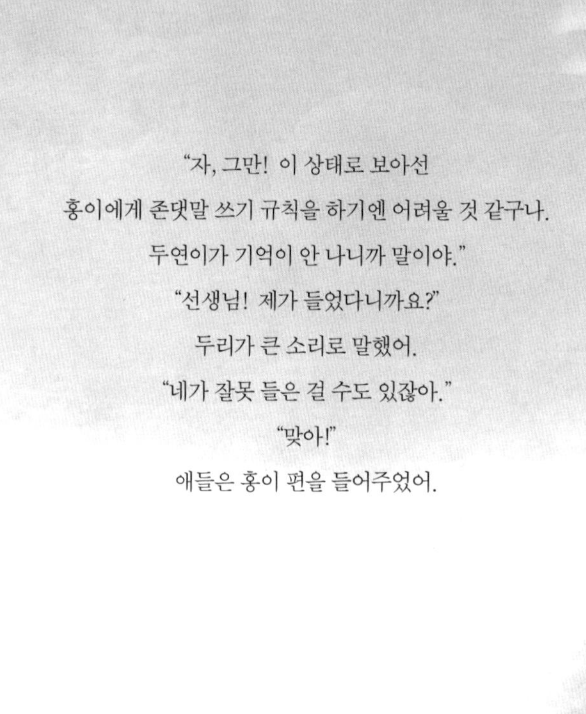

"자, 그만! 이 상태로 보아선
홍이에게 존댓말 쓰기 규칙을 하기엔 어려울 것 같구나.
두연이가 기억이 안 나니까 말이야."
"선생님! 제가 들었다니까요?"
두리가 큰 소리로 말했어.
"네가 잘못 들은 걸 수도 있잖아."
"맞아!"
애들은 홍이 편을 들어주었어.

5
고자질하는 아이,
두리

두리는 어렸을 때부터 부모님께서 맞벌이를 하셔서 혼자 일 때가 많았어.

아니, 사실 동생이 있긴 한데, 동생은 없느니만 못했거든.

항상 아빠, 엄마는 동생을 먼저 챙기곤 했으니까 말이야.

아빠, 엄마가 항상 두리에게 하는 말은 이런 말들뿐이었어.

"두리는 형이니까 동생 잘 챙겨야지."

"동생은 잘 있었니?"

두리가 숙제를 스스로 해도, 상을 받거나 칭찬을 받아 와도, 심지어 잘못해도 아빠, 엄마는 별로 관심이 없었어.

그래도 두리가 아빠, 엄마에게 관심을 받을 수 있을 때가 있는데, 바로 동생이 잘못했을 때였어.

"두리야, 동생이랑 잘 있었지?"

"이 녀석이 오늘은 우유를 마시다가 컵을 깼어요."

"으이그, 조심했어야지!"

"두리가 고생했구나!"

그 때가 되어서야 두리는 아빠, 엄마가 자길 봐 주는 것 같았어.

두리는 그건 학교에서도 마찬가지라고 생각했어.

두리는 선생님도 자기에게 관심이 없는 것 같다고 느꼈지.

선생님은 수업 시간에는 다른 애들을 보느라 정신이 없는 것 같고 쉬는 시간에는 앉아서 컴퓨터만 보셨거든.

선생님이 두리에게 관심을 가질 때는 두리가 다른 애의 잘못을 말씀하실 때였어.

"뭐? 그런 일이 있었어?"

"당장 불러오렴!"

'왜 어른들은 잘못할 때만 관심을 가져 줄까? 정말 이상해.'

그날은 매우 불쾌한 하루였어.

"흥! 녀석들, 전부 다 마음에 안 들어! 내일은 어떻게 복수해 주지? 으으, 정말 못참겠다!"

두리는 씩씩거리며 침대에 올라와 누웠어.

하지만 화가 가득 차서 도저히 잠이 오지 않았지.

바로 그 때, 베개 속에 뭔가 종이 같은 게 만져졌어.

"이게 뭐지?"

두리는 봉투를 뜯어보았어.

당신을 구름마을 마음수리점으로 초대합니다.

"흥! 별 이상한 걸 다 보겠네!"

두리에겐 아무래도 상관없었지.

두리의 관심은 내일 어떻게 홍이 녀석과 우돌이, 차라 녀석을 손봐 줄지 고민하는 거였어.

봉투와 초대장을 휙 집어던지고 잠이 들었어.

두리는 꿈을 꾸었어.

평소보다 침대가 너무 폭신폭신하다는 걸 느꼈지.

두리는 눈을 떴어.

"여기가 어디지?"

두리는 구름마을에 다녀간 아이들처럼 역시 처음 보는 구름 마을 모습에 입이 다물어지지 않았어.

구름을 떼어 갈 수 있다면 떼어 가서 엄마와 아빠나 같은 반 친구들에게 보여 주고 싶을 정도였지.

두리는 자리에서 일어나 구름마을을 찬찬히 살펴보았어.

두리는 마음에 드는 가게를 발견했어.

두리는 왠지 모르게 그 가게에 들어가고 싶어졌지.

'똑똑'

문을 열었어.

보보 씨는 씩 웃으며 말했어.

"안녕? 네가 두리구나. 들어오렴."

두리는 어리둥절하며 마음수리점 안으로 들어갔어.

"아저씨는 제 이름을 어떻게 아세요?"

"네가 오늘 우리 가게의 손님이니까."

보보 씨가 두리를 알아봐 주니 이상하긴 한데, 기분이 조금 좋아졌어.

어른들은 두리에게 관심이 별로 없었으니까.

"그런데 여기는 어떤 가게에요?"

"마음수리점이지. 나는 마음수리공 보보라고 한단다. 아저씨가 네게 초대장을 보냈지."

"초대장……? 마음을 수리한다고요? 어떻게요?"

"그래. 오는 손님마다 아저씨에게 모두 너처럼 물어본단다. 아저씨가 보기에는 두리 네 마음은 '끼익끼익' 소리를 내는 게 아주 요란하구나."

"시끄럽다고요? 저한테는 아무것도 안 들리는걸요?"

"그야 당연하지. 아저씨는 마음수리공이니까 말이야."

"무슨 말인지 하나도 모르겠어요!"

"왜 네 마음소리가 요란한지 아니? 자꾸 네 마음을 봐 달라고 사람들에게 소리치는 거지. 아주 시끄러운 방법으로 말이야."

"자, 그럼 쉬는 시간!"

"야, 이거 봐. 어제 엄마가 사 주셨다!"

"보드 게임 할 사람 모여!"

선생님 말씀에 아이들은 삼삼오오 모였고 금방 교실이 시끌시끌해졌어.

잔뜩 신나서 친구들과 수다를 떠는 애들도 있었고 교실 바닥에 앉아 보드 게임을 하는 애들도 있었어.

두리는 두리번거리면서 주변을 살폈어.

어슬렁어슬렁 돌아다니기 시작했지.

선생님도, 친구도 두리에게 말 거는 사람이 없어.

곧 교실을 나왔어.

마침 같은 반 친구인 우돌이와 차라가 눈에 띄었어.

"야! 간다!"

우돌이는 갑자기 전력 질주를 하더니 곧바로 슬라이딩을 했어.

"그럼 나 이제 간다!"

차라는 우돌이처럼 갑자기 전력 질주를 하더니 우돌이와 같은 지점에서 슬라이딩을 했어. 보아하니 누가 더 멀리 슬라이딩을 할 수 있는지 대결하는 것 같았지.

'선생님께 얼른 이 사실을 알려야겠어!'

두리는 그렇게 생각하고는 얼른 교실로 들어갔어.

"선생님! 복도에서 우돌이랑 차라가 뭘 하는지 아세요? 슬라이딩 대결을 하고 있어요!"

"뭐라고? 이 녀석들이! 그렇게 복도에서 위험한 장난 하지 말라고 했는데!"

선생님은 두리의 말에 복도로 나오셨어.

그리고 우돌이와 차라를 발견하고는 두 친구를 향해 성큼성큼 걸어갔어.

우돌이와 차라는 선생님의 따가운 눈총을 느꼈는지 가만히 있었어.

"우돌이, 차라, 뭐 하고 있었지?"

"이, 이제 교실 들어가려고요."

"둘 다 사실대로 얘기해. 복도에서 슬라이딩했잖아!"

"아, 아니에요!"

"두리가 이미 선생님한테 다 얘기했어. 거짓말하면 더 혼날 줄 알아라!"

우돌이와 차라는 그 자리에서 선생님께 혼나고 결국 복도 청소까지 하고 가야 했어.

"으, 나 오늘 학원 수업 있어서 빨리 가야 하는데!"

"으으, 나도……."

"두리 녀석만 아니었어도……."

"두리 저 녀석은 항상 그래. 선생님한테 가서 몰래 고자질하잖아."

"그러게 말이야! 먼저 우리한테 말하면 되잖아? 우리한테는 한마디도 안 하고 선생님한테 먼저 이르고 말이야!"

"가끔씩 재수가 없다니까!"

두리는 우돌이와 차라가 혼나는 모습을 보면서 속으로 고소해했어.

저번에 점심시간 때 두리가 식판을 들고 걸어가고 있는데 우돌이와 차라가 뛰다가 두리와 부딪혔거든.

두리는 그만 식판을 엎질렀어.

두리는 우돌이와 차라를 향해 소리를 빽 질렀지.

"야!!"

"미안해!!"

두리가 소리를 빽 지르자, 우돌이와 차라는 미안하다는 말만 하고 식판 치우는 걸 도와주지도 않은 채 가 버렸어.

두리는 그 때 기억을 아직 간직하고 있었지.

'흥! 그 때 잘못에 대한 내 복수다! 그러게, 누가 그렇게 뛰어다니래?'

이튿날 점심시간이 되었어.

아이들이 손을 씻으려고 화장실에서 기다리는데, 먼저 손을 씻은 홍이가 손에 있는 물기를 터느라 손을 엄청나게 휘저어 댔어.

홍이가 물을 튀기자 주변에 있던 애들도 홍이에게 물을 튀겨 대며 복수를 했어.

서로 낄낄대며 물기를 털었지.

물방울들이 별안간 두리에게도 튀었어.

"야, 물을 그렇게 튀기면 어떡해?"

두리가 홍이를 노려보며 짜증 내는 목소리로 말했어.

"뭐, 많이 튀기지도 않았잖아."

"그게 조금이 됐든 많이가 됐든 난 기분 나쁘거든?"

"에잇, 그래 미안하다! 됐냐?"

홍이는 두리에게 대충 사과하고 화장실을 나가 버렸어.

두리는 기분이 나빠졌지.

두리는 얼른 교실로 가서 선생님에게 말씀드렸어.

"선생님, 홍이가 손 씻는데 물을 튀겨요!"

"그래? 홍이 보고 조심하라고 해라."

선생님은 두리에게 대충 대꾸하고 친구들이 급식 준비하는 걸 계속 도와주셨어.

두리는 선생님의 반응이 만족스럽지 않았어.

'홍이가 잘못했는데!'

두리는 선생님에게 계속 말을 걸었지.

"선생님, 물을 맞은 애들이 기분이 나쁘다고요. 그것도 엄청 튀겼어요. 저는 아무 짓도 안 했는데요."

"그래, 알았다. 선생님이 홍이에게 따로 얘기하도록 하마."

선생님은 두리 말에 대꾸하셨지만 두리는 여전히 만족스럽지 않았어.

두리는 불만을 양 볼에 가득 담은 채 자리로 가 앉았지.

그리고 팔짱을 끼며 홍이를 노려보았어.

홍이는 두리가 자신을 보고 있다는 것도 모른 채 깔깔거리며 장난을 치고 있었어.

'나는 이렇게 열이 받는데 쟤는 아무렇지도 않잖아?'

'선생님도 쟤를 별로 혼낼 생각이 없는 것 같아.'

'으, 기분 나빠!'

하지만 곧 두리가 홍이에게 복수할 기회가 왔어.

바로 체육 시간이었지.

선생님은 반을 두 팀으로 나누어 축구 시합을 여셨어.

선생님이 심판을 보며 정신이 없었고 시합 전인 아이들은 옆에 있는 친구들과 얘기하거나 장난치거나 축구 연습을 하면서 시간을 보냈어.

홍이는 친구와 함께 축구 연습을 했어.

"으이그, 이 바보야! 공을 어디로 차는 거야!"

홍이의 말에 두리는 정신이 바짝 들었어.

왜냐하면 '바보'는 두리네 반 '금지어'였거든.

두리네 반은 금지어를 정해 놓고, 금지어를 세 번 쓰면 친구들에게 하루 동안 존댓말을 쓰기로 규칙을 정했지.

두리는 홍이에게 복수할 방법이 생각난 거야.

'좋아, 두 번만 더 써라! 그럼 선생님께 말할 테니까!'

그 때부터 두리의 신경은 온통 홍이가 금지어를 쓰는지 지켜보는 데 쏠렸어.

"삐익!"

축구 경기가 시작됐어.

아이들은 정신없이 공을 차고 다녔어.

바로 그 때, 홍이네 팀에 골이 먹힌 거야.

홍이는 자기도 모르게 골키퍼에게 말했어.

"으이그, 멍청아! 잘 막아야지!"

'이제 한 번 남았다!'

두리는 속으로 매우 기뻐했어.

체육 시간이 끝나고 모두 교실로 들어왔어.

'이제 한 시간 남았는데 그때까지 홍이가 금지어를 쓸까?'

마지막 수업은 국어 수업이었는데, 별다를 것 없이 흘러갔어.

두리는 실망스러웠지.

오늘 하루가 지나면 두리는 홍이를 고발할 수 없었거든.

왜냐하면 내일은 또 새롭게 금지어 횟수가 0에서부터 시작되니까 말이야.

이제 하교 시간이 다 되었어.

"자, 이제 모둠별로 어제 나누어 준 안내장 걷어 오세요."

"야, 빨리 안내장 줘."

홍이는 모둠 친구들의 안내장을 걷었어.

그중에 한 명이 말했지.

"나 오늘 안 가져왔어."

"에잇, 그래서 어쩌라고?"

"아, 내일 낸다고."

"알겠어."

두리는 순간 귀가 번쩍 뜨였어.

홍이가 '어쩌라고'라고 얘기한 걸 들었거든.

'어쩌라고'는 두리네 반 금지어였어.

욕은 아니었지만 친구들이 '어쩌라고'라는 말을 듣기 싫어했고, 금지어로 정하자고 약속했거든.

"야! 홍이 너 오늘 금지어 세 번 썼어. 알지? 선생님한테 가서 말한다?"

두리는 홍이한테 빽 소리를 지르고는 선생님에게 말했어.

"선생님! 홍이 오늘 금지어 세 번 썼어요. 제가 들었어요!"

"뭐라고?"

"아, 아니에요!"

홍이도 앞에 나와 당황스러워하며 말했어.

"정말이에요. 제가 들었어요."

"아이고, 정신없게! 알았으니까 두리와 홍이는 남아서 얘기해."

"아잇, 나 오늘 바로 학원 가야 하는데!"

홍이는 울상을 지었어.

"그러게 누가 금지어 쓰래? 자기 잘못이지!"

아이들이 모두 다 가고 난 뒤 선생님과 두리, 홍이 셋만 남았어.

"선생님! 아무리 생각해도 전 오늘 금지어 세 번 안 쓴 것 같거든요? 두리가 착각한 거 아니에요?"

"두리가 들었다는데 어떻게 된 거니?"

"홍이가 아까 체육 시간에 '바보'라고 한 번, '멍청이'라고 한 번, 그리고 안내장 걷을 때 '어쩌라고'라고 얘기했어요."

"홍이, 정말이야?"

"아닌 것 같은데……, 잘 기억이 안 나는데요……."

"선생님, 정말이에요. 제가 들었어요! 아까 축구 연습할 때 바보라고 했고, 축구 시합할 때도 멍청이라고 얘기했어요. 들은 애한테 물어보면 알 거예요."

"홍이, 정말 기억 안 나?"

"정말 잘 기억이 안 나요……."

선생님은 고민했어.

두리는 홍이가 세 번 금지어를 썼다고 강력하게 주장했고, 홍이는 굉장히 억울해했어.

"어쩔 수 없군. 일단 내일 증인들을 불러 같이 이야기하자."

"네?"

두리와 홍이 모두 마음에 들지 않았어.

'내일 또 이야기해야 한다니!'

이튿날, 선생님은 두리와 홍이, 그리고 홍이와 축구 연습한 두연이, 홍이네 팀 골키퍼 강우, 홍이네 모둠 애들까지 전부 불러 모으셨어.

"두연이, 어제 홍이와 축구 연습했지? 체육 시간에 말이야."

"네. 했는데요……?"

“그때, 홍이가 너에게 ‘바보’라는 금지어를 썼다는 데 사실이야?”

“음……, 어제 일이라서 잘 기억이 안 나는데요……. 한 것 같기도 하고?”

“두연이, 그렇게 말하면 안 돼. 정확하게 이야기해야지.”

“선생님, 정말 기억이 안 나는데요…….”

“강우 너는? 홍이가 너에게 ‘멍청이’라고 했어?”

“사실 전 기억이 안 나는데, 옆에 있던 윤이가 들었대요.”

어디서 왔는지 윤이가 옆에서 껴들며 말했어.

“맞아요, 선생님! 제가 들었어요!”

“그럼 홍이네 모둠, 홍이가 금지어 쓴 것 기억나니? 어제 안내장 걷을 때 말이야.“

“네, 기억나요. 그래서 두리가 바로 듣고 선생님께 이르러 갔잖아요?”

“내가 언제 일렀어? 사실을 말하러 간 거지!”

두리는 홍이네 모둠 애들 말에 발끈했어.

“그게 그거지!”

"너네……."

"자, 그만! 이 상태로 보아선 홍이에게 존댓말 쓰기 규칙을 하기엔 어려울 것 같구나. 두연이가 기억이 안 나니까 말이야."

"선생님! 제가 들었다니까요?"

두리가 큰 소리로 말했어.

"네가 잘못 들은 걸 수도 있잖아."

"맞아!"

애들은 홍이 편을 들어주었어.

두리는 점점 화가 났지.

사실 애들도 맨날 두리가 친구들의 잘못이란 잘못은 몽땅 선생님께 일러바치니까 기분이 나빴거든.

그리고 착하고 얌전한 두연이가 못 들었을 리 없다고 애들은 그렇게 생각했어.

두리는 울상을 지었지만 어쩔 수 없었지.

홍이는 존댓말 쓰기 규칙에서 벗어났지만 두리는 화가 났어.

교실을 나오자마자, 홍이는 두리에게 얘기했어.

"야, 내가 금지어 썼으면 바로 나한테 금지어 썼다고 얘기해야지, 왜 가만히 있다가 선생님한테 일러바쳐?"

"뭐라고? 네가 금지어를 쓴 잘못이지, 왜 나한테 뭐라고 해?"

"나한테 얘기했으면 내가 조심했을 거 아니야?"

"네가 잘못한 걸 나한테 따지지 마."

"이 고자질쟁이!"

"뭐라고?"

"비겁하다고!"

두리와 홍이는 서로 투닥거렸어.

"무슨 일이니?"

선생님이 복도에 나와 물었어.

"아, 아니에요!"

두리와 홍이는 서둘러서 학교에서 나왔어.

"두리 너, 나중에 봐!"

"흥, 누가 뭐 겁날 줄 알고?"

두리도 홍이도 씩씩거리며 집으로 갔어.

"두리, 친구들을 보니 어때?"

"잘못했으니 벌 받아야죠. 그러게 누가 잘못하랬나!"

"부모님도, 선생님도 아닌 이 아저씨한테만큼은 솔직하게 이야기해 보렴. 네 기분 말이야. 친구들이 선생님에게 혼났을 때 기분이 어땠지?"

보보 씨가 물었어.

"솔직히요?"

"그래."

두리는 조금 망설이다가 대답했어.

"아저씨한테만 솔직하게 말하면……, 통쾌했어요. 복수해 주고 싶었거든요. 그러게 복도에서 왜 뛰고, 물을 튀겨요?"

"하지만 친구들이 너를 싫어하게 되는 것 같은데."

"뭐 어때요? 자기네들이 잘못해서 혼난걸."

"친구들 때문에 네가 화가 난 건 아저씨도 이해한단다. 하지만 두리 네가 선택한 방법이 조금 잘못된 것 같구나."

"제 방법이 어때서요?"

오늘은 반장선거 날.

끈질긴 접전 끝에 홍이가 반장이 되었어.

"홍이, 반장이 되었으니 앞에 나와서 친구들에게 인사할까?"

"네!"

홍이는 기쁜 마음으로 앞에 나와 인사했어.

"얘들아, 투표해 줘서 고마워. 앞으로 열심히 봉사하는 반장이 될게!"

아이들은 박수를 쳤어.

이튿날, 홍이는 하굣길에 반 친구들에게 선물 꾸러미를 돌렸어.

"홍이야, 정말 우리 이거 받아도 돼?"

"그럼!"

"저번에 선생님이 선물 같은 거 돌리지 말라고 하지 않았어?"

"괜찮아. 내가 고마워서 돌리는걸, 뭐."

두리도 홍이의 선물을 받기 위해 줄을 섰어.

사실 두리는 홍이에게 투표하지는 않았지만 모두 준다고 하기에 따라 줄을 섰지.

두리 차례가 되었어.

"앗, 이제 없나?"

홍이는 자기 가방을 뒤지며 말했어.

"두리야, 내일 줘도 되지?"

"뭐? 왜 나만 내일 줘?"

"너만 그런 거 아냐. 네 뒤에 우돌이도 있잖아. 내가 개수를 잘못 셌는지 선물이 다 떨어졌어. 내일 줄게."

두리는 조금 기분이 나빠졌어.

자기가 받을 때가 되니 없다고 하는 게 의심스러웠지.

"왜 내 앞에서 선물이 없어?"

"글쎄, 집 가서 찾아보고 있으면 줄게."

"일부러 안 주는 거 아니고?"

"아니라니까. 왜 일부러 안 줘. 글쎄, 내일 줄게."

두리는 하는 수 없이 뒤돌았어.

그 때 누군가가 이렇게 말했어.

"홍이야, 두리는 어차피 너 뽑지도 않았을걸? 그냥 안 줘도 되지 않을까?"

"몰라, 엄마가 그냥 다 주래."

홍이는 으쓱이면서 말했어.

이튿날이 되었어.

두리가 홍이에게 말을 걸었어.

"홍이."

"왜?"

"뭐 깜빡한 거 없어?"

"아 맞다! 진짜 미안해! 내가 깜빡하고 오늘 안 챙겼어. 집에 있는 거 봤으니까 내일 꼭 줄게, 알겠지?"

"정말이야?"

"진짜라니까?"

두리는 홍이의 말을 듣고 자리에 앉았지만 기분이 나빴어.

어제 홍이와 친구들이 한 말도 생각이 나자, 더 기분이 나빠졌지.

두리는 선생님에게 갔어.

"선생님."

"그래, 무슨 일이니?"

선생님은 컴퓨터 화면을 보며 두리의 말에 대답하셨어.

"홍이가 반장이 됐잖아요. 어제 애들한테 선물을 돌렸어요."

"뭐라고?"

선생님은 그제서야 두리를 보셨어.

"근데 홍이가 저한테만 안 줘요. 다른 애들한테는 다 돌렸는데 말이에요."

"그래, 일단 알았다."

선생님은 심각한 얼굴로 대답하셨어.

그리고 선생님은 바로 홍이를 부르셨지.

"홍이, 애들한테 선물 돌렸니?"

"네? 사실 그게…… 애들이 저를 뽑아 준 게 고마워서 선물을 준비해서 나눠 줬어요…….”

“선생님이 얘기했잖니?”

“엄마가 애들한테 고맙다고 주는 게 좋겠다 해서…….”

“그런데 왜 두리만 안 준 거야?”

“네? 두리만 안 준 건 아니에요! 두리 말고 못 받은 애가 또 있다고요.”

“어쨌든 안 준 게 됐잖아.”

“그게 깜빡하고 수를 잘못 세서 부족했는걸요…….”

“수가 부족했다고?”

“네……. 그래서 두리한테 내일 준다고 했어요. 그게 사실 오늘이었는데 제가 깜빡하고 오늘 놓고 왔어요……. 그래서 내일 꼭 주겠다고 얘기했는데……. 정말이에요!”

홍이가 울상을 짓자 선생님은 고개를 절레절레 흔들며 한숨을 쉬셨어.

그사이, 우돌이와 차라가 와서 선생님에게 뛰어왔어.

“선생님! 방금 두리가 복도에서 뛰었어요!”

“뭐라고? 으휴, 두리 어서 오라고 해!”

우돌이와 차라는 두리를 부르러 갔어.

"야, 두리! 너 선생님한테 걸렸어! 빨리 와!"

"뭐라고?"

"방금 복도에서 뛰었잖아!"

"안 뛰었거든?"

"그게 뛴 거지 뭐야? 너도 우리 선생님한테 일렀잖아!"

"맞아, 그리고 너 홍이랑 무슨 일 있었지? 아마 그것도 얘기하실걸? 얼른 가 보기나 해!"

두리는 어쩔 수 없이 선생님께 불려 갔어.

"두리, 왜 선생님에게 솔직하게 다 말하지 않은 거니?"

"제가 뭘요?"

"너 말고 선물을 받지 못한 애도 더 있었잖아? 그리고 홍이가 네게 이튿날 준다고 약속한 것도 있었고 말이야. 왜 그건 말하지 않았지?"

"제가 홍이 녀석을 어떻게 믿어요? 만약 제가 선생님에게 말하지 않았다면 홍이는 저에게 영원히 선물을 주지 않았을

테죠. 제가 홍이를 안 뽑았으니까요."

"결국 두리에게 유리한 사실만 이야기한 거잖니? 그것도 거짓말하는 것과 똑같단다."

"하지만 그건……."

"두리, 아까 아저씨가 네게 어떤 기분이 들었는지 물었을 때 통쾌하다고 했지?"

"음……. 네, 그랬죠."

"그런 마음이 들었다는 건 저 애들이 말한 것처럼 네가 '고자질'을 했기 때문이란다."

"하지만 저 애들이 규칙을 어긴 건 맞잖아요!"

"선생님께 알리려는 것과 고자질은 다른 거란다. 만약 정말 친구를 위하는 마음에서 선생님에게 알리려 했다면 두리 네가 다른 행동을 선택했겠지. 하지만 네가 친구가 혼나는 모습을 보고 싶은 마음에 선생님에게 알리는 건 고자질이야. 아저씨는 두리 네 마음을 이해하지만 앞으로도 계속 고자질을 한다면 친구들이 널 어떻게 볼까? 아저씨는 네가 외톨이가 되지 않았으면 좋겠구나."

“하지만 저 녀석들이 자꾸 저한테 피해를 주잖아요……. 식판도 엎고, 물도 튀기고 말이에요. 전 정말 화가 난다고요!”

“그래, 아저씨도 보았지. 하지만 네가 할 일은 선생님께 고자질하는 게 아냐. 그 친구들에게 먼저 가서 네 감정을 진지하게 이야기하는 거지. 네가 친구들에게 짜증 내고 화내는 것과 다른 거야. 그리고 네 행동이 똑같이 네게 다시 돌아왔잖니. 부메랑처럼. 복수란 건 말이야, 결국 나에게 돌아오게 되어 있단다.”

두리는 한참을 고민했어.

그러다 이렇게 말했지.

“아저씨가 어떤 말을 저에게 하려고 하는지 잘 알겠어요……. 그럼 이제 어떻게 하죠? 방법 같은 거 말예요……. 이미 다 벌어진 일이고…….”

“그건 이 아저씨가 도와줄 수 있지. 요란한 네 마음의 소리를 잠재우는 거야.”

“아저씨는 그걸 할 수 있다는 거죠?”

"그럼. 이 아저씨를 믿어도 좋아."

보보 씨는 두리의 마음소리가 요란하지 않게 기름칠을 해 주었어.

"자, 다 되었다."

두리는 눈을 번쩍 떴어.

이번엔 진짜 자기 방이었어.

두리는 일어나서 화장실로 달려가 자기 가슴에 손을 대 보았어.

평소처럼 똑같게 심장이 '콩닥콩닥' 뛰었어.

뭔가 달라진 걸까?

두리는 어떤 점이 달라졌는지 알 수 없었어.

두리는 학교에 갔지.

홍이는 두리에게 선물을 건넸어.

"자, 이거 네 거야. 그리고……, 진짜 주려고 했는데 까먹은 거야."

"그래, 알겠어. 고마워. 그리고 오해해서 미안."

두리의 말에 홍이는 어리둥절했어.

뭔가 두리가 평소랑은 달라 보였거든.

"두리 녀석이 웬일로 사과를 하지?"

두리는 쉬는 시간에 화장실에 갔다가 우돌이와 차라가 이번에는 복도에서 멀리뛰기를 하는 걸 보았어.

두리는 우돌이와 차라에게 말했어.

"선생님이 복도에서 뛰지 말라고 했잖아. 그러다 혼난다?"

그리고 두리는 교실로 쏙 들어갔어.

우돌이와 차라는 고개를 갸우뚱했어.

"재가 웬일이지?"

"그러게 말이야. 평소 같았으면 우리한테 말도 않고 먼저 선생님한테 가서 일렀을 텐데."

"맞아. 저번에 우리가 두리가 복도에서 뛴 거 선생님한테 말했잖아. 그래서 또 똑같이 복수할 줄 알았는데."

"음……, 이번에는 더 많이 혼날지도 몰라. 이제 들어가서 놀지, 뭐."

"그래!"

우돌이와 차라는 두리에게 말을 걸었어.

"두리야, 우리랑 같이 보드 게임 안 할래? 이건 여러 명이 해야 재밌거든."

"좋아!"

두리는 친구들과 신나게 보드 게임을 했어.

두리는 고자질이 아니라 어떻게 친구들을 대해야 하는지 알게 되었어.

그리고 관심을 잘 받는 법을 배웠지.

두리는 세상에서 가장 행복한 웃음을 지어 보였지.

보보 씨는 두리의 모습을 보며 씩 웃었어.

"오늘도 수리가 잘되었어."

| 에필로그 |

마음을 수리하는 일

오늘은 마음수리점이 쉬는 날이야.

보보 씨는 오랜만에 느긋하게 커피를 마시며 편안함을 느끼고 있었지.

"똑똑!"

바로 그 때, 누군가가 문을 두드렸어.

"누구시오?"

"보보 씨! 접니다! 문문이요!"

보보 씨는 문을 열어 주었어.

문문 씨는 마음수리점 본부에서 일하는 사람이야.

여러 곳의 마음수리점을 관리하는 일을 하지.

"자네가 어쩐 일인가?"

"잘 지내셨죠?"

문문 씨는 땀을 닦고 웃으며 말했어.

그러고는 가게 안으로 들어와 자리에 앉았어.

보보 씨는 문문 씨에게 커피를 타 주었어.

"보보 씨가 타 주시는 커피는 늘 향이 좋군요. 아, 물론 맛도 좋지요!"

"무슨 일인가? 자네가 여길 오고 말이야."

"이 근처를 지나가던 길이었지요. 근데 오늘이 보보 씨 휴일이란 걸 제가 딱 기억해 내지 않았습니까? 그래서 들렀지요."

"자네가 모처럼의 내 시간을 방해하는군!"

보보 씨는 농담하며 즐겁게 문문과 뭉게뭉게 구름이 피어

오르듯이 대화했어.

"보보 씨, 제가 궁금한 것이 하나 있습니다. 저는 여기서 50년밖에 일을 하지 않았지만, 보보 씨는 100년이 넘게 일해 왔습니다. 어떻게 그렇게 마음수리를 잘하는 비결이 무엇입니까? 다른 마을 마음수리점의 수리공들도 모두 궁금해 하는 것이지요."

"문문. 나는 수많은 꼬마 손님들을 만나면서 깨달은 것이 하나 있네."

"그게 뭔가요?"

"수리공이 마음을 수리하는 것은 단순히 톱니바퀴를 갈고, 기름칠을 해 주고, 나사를 갈고 조이는 그런 일이 아니란 걸 말일세. 난 맨 처음 마음수리점을 맡게 되었을 때 그걸 잘 모르는 수리공이었다네. 나는 운이 좋았던 거지. 한동안 그렇게 수리해 왔으면서도 수리에 실패한 손님이 없었으니 말일세. 100년 중 50년을 이 낡은 시계로 꼬마 손님의 잘

못된 행동만 보여 주었다네. 그리고 녀석들이 잘못을 꾸짖어 주었지. 하지만 난 어느 순간 깨달았네. 꼬마 손님의 마음이 왜 고장 났는지 그 이유를 알아보고 공감해 주는 게 필요하단 걸 말일세. 만약 마음수리공이 그걸 하지 않는다면 그 친구는 마음을 수리 받아도 변하지 않을 걸세. 혹시 마음수리를 받았어도, 그 친구는 또 마음수리점의 손님이 되어 다시 여길 찾아오겠지. 나는 누구나 그 나름대로의 이유가 있다고 생각한다네. 누군가가 묻는다면 여기 오는 손님들을 너무 미워 말라고 전해 주게. 미워 말고 이해해 보라고, 공감해 달라고 말일세. 이건 나 같은 마음수리공뿐 아니라 모두가 할 수 있는 일이라네. 그러다 보면 그 친구의 마음도 녹아내리겠지. 인간들의 동화 중 그런 내용도 있지 않은가? 나그네의 옷을 벗긴 건 바람이 아니라 해님이라고 말일세. 차가운 마음을 녹이는 건 따뜻한 마음이지. 그걸 잊지 말라고 전해 주게."